蒋永福 著

读书与人生
——蒋永福随笔集

哈尔滨工业大学出版社

人生需要读书
通过读书懂人生、懂社会
这就是本随笔集把读书和人生连为一体的
思想逻辑所在

图书在版编目（CIP）数据

读书与人生 / 蒋永福著. —— 哈尔滨：哈尔滨工业大学出版社，2023.1
ISBN 978-7-5767-0660-4

Ⅰ.①读… Ⅱ.①蒋… Ⅲ.①随笔-作品集-中国-当代 Ⅳ.①I267.1

中国国家版本馆 CIP 数据核字（2023）第 039214 号

策划编辑　闻　竹
责任编辑　佟　馨
装帧设计　博鑫设计
出版发行　哈尔滨工业大学出版社
社　　址　哈尔滨市南岗区复华四道街 10 号　邮编 150006
传　　真　0451-86414749
网　　址　http://hitpress.hit.edu.cn
印　　刷　黑龙江艺德印刷有限责任公司
开　　本　787mm×1092mm　1/16　印张 13.5　字数 157 千字
版　　次　2023 年 1 月第 1 版　2023 年 10 月第 3 次印刷
书　　号　ISBN 978-7-5767-0660-4
定　　价　79.00 元

（如因印装质量问题影响阅读，我社负责调换）

自序

我喜欢随笔,喜欢读随笔、写随笔。我的这种喜欢,不是刻意养成和练就的,而是在长期的读书过程中,逐渐发现这种随性随感而发的文章风格甚合我意,于是读随笔、写随笔就成了我的一种兴趣爱好。

我为什么喜欢随笔?其实,我喜欢随笔并没有什么特别的目的或目标,只是觉得这种随性而发、随感而就、既可理性论理又可感性畅言的文体性质,合乎我的性格志趣,满足我的情感所需,故而爱之乐之。

我发表过不少的学术论文,也出版过几部学术专著。然而,学术论文和专著,由于文体本身的规范性要求所限,不得随性感发和表达,故总觉有不得释怀、不尽畅达之感。也就是说,学术论文和专著,其理性、规范、逻辑有余,而感性、畅快、释然不足。当然,随笔有随笔的规矩,"形散而神不散"或"文随而意不随"就是随笔的主要特点;随笔之"随"并不是"随便"或"随心所欲"之意,所以随笔也不能无病呻吟、任性发泄。随性但不任性、随感而不随便、情真但不意乱、洒脱但不散漫,这就是我对随笔的基本定性。

随笔,可以有学理性随笔和杂感性随笔之分。学理性随笔的主要特征是有较多的学理分析,但这种学理分析不能过于专业化、理论化,因为过于专业化、理论化就会变成学术论文。杂感性随笔的主要特征是"杂题随发",即选题看似杂乱,言说看似随意,但都有感而发,并非无病呻吟,且往往以小见大、旧题新作,别具寓意。

随笔之文,须情真意切,随感而发,不能像论文那样进行逻辑化的论证;语言要朴实,尽量少用专业术语,尽显大众化但又不能粗俗;表达观点和情感要直白,但又要追求"词近意远""文显意隐"的意境,最好给人以"此中有真意,欲辨已忘言"之感。当然,这种意境,又要与诗的含蓄意境有区别——诗在律格中含而不露,随笔在自由灵活中放而不荡、有显有隐。完全直白无华、显露无隐的语言文字,只能叫"白话",不能叫文章。

我的这部随笔集,共收31篇随笔,名之《读书与人生》。内容上可分为两大部分,一是谈论读书问题(16篇),二是谈论人生问题(15篇)。在内容次序安排上,先谈论读书问题,后谈论人生问题。从形式上看,这两部分处于分割状态,但实际上有一根"暗线"连接着这两部分,这个暗线就是"通过读书懂人生"之意蕴。我谈论人生之理,都是从长期的工作实践和读书实践中悟出来的,其中通过读书实践悟出来的间接经验和认识占更多部分。这就是我把"读书"和"人生"联系在一起的原因所在。人的读书,必然涉及求知以及教与学的问题,故在"读书"部分,首先安排了《论知识与思想》《论为师之道》《论为学之道》三篇,实为整个"读书"部分的总论或序论,然后再安排具体的读书论题,分而论之。

人都是社会人,所以"人生"部分既谈论直接的人生问题,也谈论与人生有关的社会问题。这部分各篇在选题上显得有些博杂,但这是由一题一论、"有感则取,无感则去"的随笔性质所决定的。本书所收31篇随笔中,既有学理性随笔,亦有杂感性随笔,更多的是学理性与杂感性交织或融为一体的随笔。在选题及其论说方法上,遵循两个"结合",一是结合我个人的亲身经历和感悟来选题并论说,二是结合社会现实问题来选题并论说。在立意上,力争"发前人未发之言",力求个性与新意。

人生需要读书,读书有助于懂人生、懂社会。

生命不息,读书不止,这就是读书的人生。无数读书的人生,汇成读书的民族,读书的民族才是有希望的民族。

此为序。

目 录

论知识与思想　1
论为师之道　7
论为学之道　13
书是什么　21
论读书　29
论读书方法　37
我的读书法：涵泳自得法　43
谈"没时间读书"　51
我喜爱的书　58
谈阅读书目　62
谈全民阅读　65
谈读书的乐趣　69
论曾国藩读书　79
论朱子读书法　89
论读书与理解　102
读书三定律　114

论中庸与中国人	126
论形式与内容	132
谈哲学	135
谈历史	146
论自由	151
论幸福	158
论快乐	163
论苦恼	166
论命运	173
谈习惯	179
谈家庭教育	182
谈考试	190
谈开会	194
谈酒	198
谈手机	200
后记	205

论知识与思想

培根说"知识就是力量",帕斯卡尔说"人因为思想而伟大"。这两句话至今被人们广泛传颂。这说明,知识和思想,都是人所竭力追求的东西。

知识与思想是有区别的,一个人有知识不一定有思想,但有思想必然有知识。名词意义上的知识,一般指对事物属性的概念性认知,能够回答"是什么"的问题。名词意义上的思想,是指对所输入的信息加以整理、分析、判断之后所形成的系统且成熟的认知,是可以用来指导人的行为的观念,不仅能够回答"是什么"的问题,而且还能回答"为什么""如何做"的问题。

在日常语言使用中,知识与思想也是有区别的,如我们可以说"孔子的思想影响深广",但没有说"孔子的知识影响深广"的。再如,我们说 A 这个人"有知识",B 这个人"有思想",其评价差异是显而易见的,前者偏重于指有专业知识的人,后者偏重于指有智慧、有能力的人。还有,当我们说某人"有主见""有头脑"时,一般是在此人"有思想"意义上而言的。

相对而言,知识更具客观实在性,思想更具主观能动性。

需要注意的是,有知识的人不一定都是上过学、有学历有学位的人,没上过学、无学历无学位的人也可以有知识,只不过他们所掌握的知识大多不是通过学校学习得来而已。同理,有思想的人,也不一定都是上过学、有学历有学位的人,没上过学、无学历无学位的人也可以有思想,只不过他们所掌握的思想大多不是通过学校学习得来而已。在这方面,最具典型意义的人物就是毛泽东。毛泽东虽上过学但没上过大学,未曾取得高学历高学位,更没有留学国外的经历,然而我们谁能说毛泽东无知识、无思想?反过来,人们都承认,毛泽东具有广博的知识和深邃的思想。

众所周知,我们自打背着书包上学开始,一旦被人问到"上学干什么",我们会斩钉截铁地回答"为了学知识"。即使是成年人遇到"上学读书的目的是什么"问题时,也往往如此回答。但是,很少有哪个小孩或大人回答"上学为了学思想"。长此以往,在人们的意识中,形成了"学知识"是为学的唯一目的的误识,而"学思想"则在人们的脑海中被遮蔽了。

记得我上小学的第一天,就看到在学校最显眼的墙壁上写着"知识就是力量"的标语。此后上初中、上高中、上大学,都能在最显眼的地方看到"知识就是力量"的标语。然而,无论在哪个学校,都没有见到"思想就是力量"或"人因为思想而伟大"的标语。这是为什么?难道思想不重要因而不必写成标语?或者说思想不比知识重要?在我看来,这是值得我们深思的问题,尤其是值得教育界深思的问题。

对未成年人而言,上学为了学知识,或者说为学的目的是为了学知识,这样的定位是无可厚非的。但是,一个人读到中学、读到大学、读到研究生,仍然把为学的目的只是限定于学知识,就有很大问题了。

试举一例。我们曾听到某某大学叫某某的博士研究生,不知何因跳楼自杀了。当然也有知道原因的,因为这个轻生者留下了所谓的遗嘱,遗嘱所言无非是自己在生活中或学习中遇到了什么什么烦恼事,痛不欲生,因而决定以死了却这桩烦恼。呜呼,对此我要发出如下几问:

> 这种轻生是给谁看的?是给父母看,给子女看(如果有的话),给爱人看(如果有的话),还是给学校看,给导师看,给同学看?
>
> 一个人的生命是纯粹属于个人的吗?生命可以是想延续就延续,想结束就结束的吗?当一个人有了轻生的念头时,难道不应该考虑其他相关人的感受吗?
>
> 这种轻生念头及其实施,其原因是这个人缺乏知识吗?一个人读到博士研究生,我们还能认定他缺乏知识吗?那么,这种轻生念头及其实施,其根本原因在哪里?

一个有知识的人,如此轻视自己的生命,说明有知识的人不一定有正确的生命观。遇到烦心事就想结束自己的生命,这样的人其实是自私的人——视生命为纯粹的私有物,想抛弃就抛弃,不顾他人的感受,没有感恩之心。

诗人北岛说"卑鄙是卑鄙者的通行证,高尚是高尚者的墓志铭"。我不是诗人,所以说不出这样高深寓意的名句,但我仍然想说:轻生是轻生者的自私症,感恩是感恩者的答谢状。

我们看到,人类的物质生活水平"如芝麻开花节节高",甚至目前已达到智能化生活的水平,全人类的知识文化水平也得到空前的提升,然而人类的自杀率却不降反升。据此人们得出来这样一种结论:人类的自杀率与文化程度呈正比。这一结论更证明了知识水平高的人不等于人格健全的人的道理。

有知识的人,不一定就有正确的"三观"——世界观、人生观、价值观。有正确的世界观、人生观、价值观的人,其实就是有正确思想的人。

从知识与思想的关系角度,我们可以把现实中的人大致分为三类:无知识无思想的人,有知识无思想的人,既有知识又有思想的人。随着社会的越来越知识化、文明化,无知识无思想的人越来越少,但既有知识又有思想的人亦非占绝大多数,而有知识无思想的人却很多。

什么叫有知识无思想的人?其表现形式多种多样,如知道"$1+1=2$"的算术知识,但却不知道在人类社会中还有很多"$1+1=1$"或"$1+1>2$"或"$1+1<2$"的现象和道理。再如,知道"整体大于部分之和"的系统论命题,但却不知道在现实生活中如何将各部分整合成大于部分之和的整体效能的智慧和方法。还有,很多人学会了$F=ma$、$E=mc^2$等公式之后,只知道利用这些公式解习题,但却想不到这些公式背后所蕴含的哲理,如自然界的规律性、自然规律的简约性以及科学之美、自然规律与社会规律的差异、科学的统一性与差异性等哲理,更不知道以这些哲理为信念、为指导来进行自己的创新性发现或发明的实践方法。诸如此类之人,就是有知识无思想的人。也就是说,我们可以把不会将所学知识运用于阐释或解决现实问题的人,归入有知识无思想的人。成语"纸上谈兵""坐而论道""只知其一,不知其二"等,从某种意义上说就是指有知识无思想的

现象而言的。

我本人作为一名大学教师,教授本科生和研究生,期间经常因学生有知识无思想而感到不解和无奈。如一些本科生、研究生不会写论文,其实这些学生在中学阶段已经学过有关议论文及其写法方面的知识(如论点、论据、论证三要素等),但一到自己写论文时,所学知识忘得一干二净,写出的论文毫无学理性、学术性和思想性。更让人不可思议的是,还有些本科生、研究生竟然不会正确使用标点符号!

一些学生,学习知识很多,但这些知识大多处于"记诵之学"的状态,仅运用于解习题和各种考试,而没有将其转化为"义理之学",更没有将其转化为思想方法、实践能力和创新能力。这就是一些学生为什么是"高分低能"之人的根本原因所在。

有思想的人,不仅有知识,而且还有境界。有思想的人,才能摆脱"小我"的狭隘,从而确立"大我"的思想境界。也就是说,具有"大我"思想境界的人才能把自己提升到"思想巨人"的高度或至少向着"思想巨人"的方向提升自己。爱因斯坦的下面一段话也许能给我们一些启发:

> 像我这种类型的人,其发展的转折点在于,自己的主要兴趣逐渐远远地摆脱了短暂的和仅仅作为个人的方面,而转向力求从思想上去掌握事物。(着重号为引者所加)

有知识无思想的人,往往就是有知识无境界的人;有知识无境界的人,往往就是有知识无道德的人。在这方面,我有一个亲身经历:我平日讲课的一幢教学楼,安装有多部电梯,其中一部电梯是教师专用电梯,电梯门楣的上方写有"教师专用电梯"提示语,非常醒目。设立教师专用电梯的用意在于通过师生分流乘梯来保持乘梯秩序,当然更重要的是为了倡导尊师重教的良好风气。然而,这部专用电梯经常被学生乘用,学生们对门楣上方的提示语熟视无睹,毫无错乘之意,有时竟然还出现教师被学生挤出梯外的情况。有一次,我问同乘的学生"为什么乘坐教师专用电梯",学生竟然理直气壮地回答说"我交学费了,所以我有权乘坐学校的所有电梯,反过来你们教师没有交学费,所以不应该享受专用电梯的待遇"。呜呼!对个人权益如此敏感且执意不让,而对公共道德、公共秩序却如此淡漠不屑,这样的人不就是有知识无道德的人吗?!

  知识固然重要,知识固然是力量,但是在这个世界上,知识并非唯一重要的东西,比知识更重要的东西还有很多,如道德,如智慧,如胆识,如想象力,如办事能力,如思想方法,等等,这些都比知识本身重要得多。何况我们在相信"知识就是力量"的同时,必须进一步追问这种力量是正能量还是负能量。毋庸置疑,对一个人而言,正确的世界观、人生观、价值观比知识更重要。知识本身绝非目的,而只是手段。当知识能够为人形成正确的世界观、人生观、价值观赋能时,它才是重要的正向力量。

  盲信"知识就是力量"的人,其实是把手段视为目的了。在知识匮乏的年代,培根的"知识就是力量"一语,确实鼓舞了一代又一代中国人;然而,这句话也误导了很多中国人——片面追求知识,而忘却了人格健全的重要性和知行合一的重要性。历史就是这样戏弄人。

论为师之道

一提起为师之道,我们中国人便会自然想起韩愈说的那句话:"师者,所以传道受业解惑也。"在中国古代,师者确实以传道、受业、解惑为职分,这是历史事实。不过,关于为师之道,我最喜欢的是《礼记·学记》中的一段话:

> 君子之教喻也:道而弗牵,强而弗抑,开而弗达。道而弗牵则和,强而弗抑则易,开而弗达则思。

为了给读者以理解的方便,我把这段话翻译成现代汉语如下:

> 优秀的教师是善于通过引导进行教育的:引导学生,但不要牵着他们走;严格要求学生,但不使他们有压抑感;启发学生,但不把道理或结论直接告诉他们。引导学生而不牵着走,就能保持好师生之间的和睦关系;严格要求学生而不使他们有压抑感,学生就不会产生畏难心理;启发学生而不把道理或结论直接告诉他们,就会促使学生独立思考。

我第一次读到这段话时,深感震惊。震惊的是,在遥远的先秦年代,①中国人竟然能够说出如此合理且精妙之论。在我看来,即使是现代,这段话所言之理仍然适用。

若从思想渊源而言,孔子和孟子也说过类似的话,如孔子说"不愤不启,不悱不发。举一隅不以三隅反,则不复也";孟子亦曾说"君子引而不发"。

可见,我们现代人提倡的启发式教学法,在孔孟时代已然形成。这恐怕也是中国文化早熟的表现之一吧。至于启发式教学法与灌输式教学法何者为优,古今中外的教育学理论早已有定论,不必在此赘述,只探讨一下导致灌输式教学诸原因中的为师之道走偏之因。

关于为师之道的走偏现象,蒙田在《论儿童教育》一文中有言:

> 有的教师不停地在我们的耳边絮聒,仿佛往漏斗里灌水。……我要他改正这种做法,一开始,根据他所教的人的智力,因势利导,教他体会事物,自己选择与辨别;有时给他指出道路,有时让他自己开拓道路。我不要老师独自选题,独自讲解,我要他反过来听学生说话。……评估学生的成绩不是去证明他记住了多少,而是生活中用了多少,……检查他是否融会贯通,成为自己的东西。吞进的是肉吐出的还是肉,这说明生吞活剥,消化不良。

---

① 《礼记》中的各篇,是否都出于先秦时期,对此学界尚有争议。有的人认为《礼记》中的大部分文章出于先秦,但也有多篇文章出于西汉早期。在此暂且把《学记》定为先秦之作。即使把《学记》定为西汉早期之作,对我们现代人而言仍然可谓"遥远"之作。

蒙田所言"往漏斗里灌水"的教学方法,不就是灌输式教学法吗?其所言"根据他所教的人的智力,因势利导,教他体会事物,自己选择与辨别",不就是"因人施教"法吗?其所言"有时给他指出道路,有时让他自己开拓道路"以及"我不要老师独自选题,独自讲解,我要他反过来听学生说话",不就是以学生为主体的、师生互动的教学法吗?其所言"评估学生的成绩不是去证明他记住了多少,而是生活中用了多少",不就是"学以致用"的教学评估标准吗?其所言"吞进的是肉吐出的还是肉,这说明生吞活剥,消化不良",不就是灌输式教学法的恶果吗?

庄子说"授人以鱼,不如授人以渔"。然而,我们现在的教育,无论是小学教育、中学教育,还是大学教育,部分为师者仍然是只授"鱼"而不授"渔"。由此"殃及池鱼"者,就是我们的学生——高分低能的学生——有知识无思想的人,更是有知识而无创新意识和创新能力的人。

2005年,钱学森提出了令全体中国人振聋发聩的问题:"为什么我们的大学总是培养不出杰出人才?"这一问,被称为"钱学森之问"。①

众所周知,在世界上,有一个诺贝尔奖。迄今为止,中国大陆仅贡献出一位诺贝尔科学奖获得者——屠呦呦(2015年获得诺贝尔生理学或医学奖)。中国人天生就笨吗?中国文化压根就培养不出具有高水平科学素养的人才吗?显然都不是。我们知道,迄今为止,已有8位华人或华裔科学家获得诺贝尔科学奖,他们分别是杨振宁、

---

① 据钱学森身边工作人员的记录,钱学森辞世之前多次对身边工作人员说:"中国还没有一所大学能够按照培养科学技术发明创造人才的模式去办学,都是些人云亦云、一般化的,没有自己独特的创新东西,受封建思想的影响,一直是这个样子。我看,这是中国当前的一个很大问题。"

李政道、丁肇中、李远哲、朱棣文、崔琦、高锟和钱永健。华人已获得过几乎所有的诺贝尔奖项(唯独缺的就是诺贝尔经济学奖获得者)。这说明,身上流淌中华民族血液的人,是完全可以具备高超科学素养和人文素养及其能力的人。

那么,我们的问题出在哪里,以致钱学森不得不发出"钱学森之问"?全面回答"钱学森之问",是一个很大的课题,用钱学森自己的话来说,这是一个"系统工程"问题,涉及到方方面面的问题,所以我无力全面回答这一问题。但我敢肯定地说,我们的教育体制与教育方法不科学、不合理,是其中的主要症结之一。

我作为一名大学教师,我愿意从为师之道角度考察教育体制与教育方法不科学、不合理问题。

有一种现象让我十分费解:在我们的大学教师队伍中,有的人竟然不知道、不考虑、不重视大学之道和为师之道,因而也不给学生讲授大学之道、为师之道以及为学之道,而只是一股脑地讲授知识。

我们说"教书育人"是教师的天职,然而我们现在的教师有的只"教书"而不"育人"。所谓不育人,包括不注重引导学生养成健全的人格结构、不注重提升学生的心智成熟程度、不注重培养学生的思想方法本领、不注重训练学生的创新意识和能力等现象或做法。在这样的"四不"教法下培养出来的学生,大多是有知识无思想、有知识无道德、有知识无能力的"三无"之人。

所谓"三无"之人,实际上就是在只授"鱼"而不授"渔"的教育方法下培养出来的平庸之人。这样的学生,等到面临太多的"鱼"或太少的"鱼"可捕时,还没有掌握捕鱼的手段,就像一头愚蠢的骆驼,面对两堆同等体积的嫩草,不知选择哪一堆草吃而活活饿死——缺乏自我选择能力、生存能力和发展能力。

以往，我们常常以学生的基础知识掌握得扎实、学习成绩好而感到自豪，殊不知基础知识掌握得扎实、学习成绩好仍然属于"鱼"的范畴，而不属于"渔"的范畴。基础知识掌握得扎实、学习成绩好，固然无可厚非，但要知道，基础知识掌握得扎实、学习成绩好并不能直接等同于健全的人格和创新能力。我们所培养的学生基础知识掌握得扎实、学习成绩好，由此我们所付出的代价是什么？我们是不是以扎实的基础知识、好的学习成绩换来的结果是健全的人格的缺失、创新能力的缺失？对此，尼尔·波兹曼在《娱乐至死》一书中所说的一句话，也许能给我们以警醒："我们将毁于我们所热爱的东西。"

马凤岐先生著有《教育政治学》一书，他在此书中有一段话说得很好，现不嫌文长，录于下：

一定的教育手段是为一定的教育目的而存在的。我们经常会发明一些新的教学方法，甚至还用实验证明这些方法的有效性，比如，使学生掌握一些学习知识的"捷径"，有助于学生对知识的掌握以及学生学习成绩的提高。我们会认为它们是一些好的方法。而美国学校所使用的方法被证明在使学生对知识的掌握上不如我们使用的方法有效，我们经常为我们的学生比美国学生掌握了牢固的基础知识而感到自豪，我们也会用我们的学生在国际中学生奥林匹克科学竞赛中获得了较多的金牌来说明这一点。但这背后可能存在的问题是，我们的教学在使用"有效"的方法使学生掌握了牢固的基础知识的时候，压抑了学生的创造性和独立解决问题的能力，相反，美国学校使用的教学方法虽没有能使学生掌握牢固的基础知识，却培养了学生的创造能力和独立解决问题的能力。

在诸多教学方法中，美国的教学方法不一定都比中国的教学方法优越，中国也有较多的值得称道的教学方法，但是美国注重培养学生的创新意识和能力的教学方法，却是值得我们借鉴的。毋庸置疑，获得诺贝尔奖项的人也好，创新型杰出人才也好，都要依赖科学合理的教育体制与教育方法来培养。在此过程中，必然要求我们每一位教师，要懂得并力行科学合理的为师之道，为培养出创新型杰出人才贡献为师之道之力。等到那时，就凭中国的人口基数之大、大学入学率处世界首位之基础，加上中国人的勤奋与聪慧之天分，我们还培养不出创新型杰出人才吗？我们还用得着因贡献不出较多的诺贝尔科学奖获得者而犯愁吗？还用得着面对"钱学森之问"而愕然无语吗？

最后，我想以爱因斯坦于1921年所说的一句话作为本文的结束语：

大学教育的价值不在于记住很多事实，而是训练大脑会思考。

论为学之道

有为师之道,就应该还有为学之道。

《论语》开篇就说"学而时习之,不亦说乎"。被称为商鞅之师的尸子的言论集《尸子》,其首篇即为《劝学》;《荀子》一书的首篇亦为《劝学》;直到清末的张之洞亦著有《劝学篇》一书。其实,留有著作(包括诗歌以及家书家训等)的中国古代文人们,几乎都有谈论为学、劝学之文。另外,自从唐代创立书院建制以来,为训诫书院学子而写的学规、学则类文章亦数不胜数。这说明,中国人是熟谙为学之道的民族。

一

从词源上说,"学"有效仿、觉悟之义;"习"指鸟类练飞之状,有反复练习之义。《礼记·月令》云"鹰乃学习",说的是小鹰练习飞翔,这恐怕是"学习"一词的最早出现。

在我看来,学习乃"觉之悟之"之义,或者说是"觉而悟之"之义,而非"认之记之"之义。"认之记之"之学,乃记诵之学,而非觉悟之学。然而,如今的学生,所学到的大多是记诵之学,而觉悟之学则少之又少。记诵之学,练就的是记忆与应考之术;而觉悟之学则是造就健全人格和创新能力之本。

清代学者陆世仪曾就思、悟、学三者关系说过如下一段话:

> 悟处皆出于思,不思则无由得悟;思处皆缘于学,不学则无可思。学者所以求悟也,悟者思而得通也。

这段话虽然谈的是思、悟、学三者的关系,但最后落在了"通"字上。"通"即通晓、通透、通达、通贯之义。在陆世仪看来,为学之道就在于"通"。"通"的目标是什么?"通"的目标是"通理"。也就是说,为学之道就在于通理。

按照道学或者宋明理学角度而言,理即道,道即理;按照王阳明的说法,事即道,道即事。所以,通理也就是通道、通事。中国古人往往把通道、通事的过程称为"明道",因而中国古人把为学的目的概括为"学以明道"。《论语·子张》云"君子学以致其道";朱熹说"盖为学之道,莫先于穷理","古人读书,将以求道";顾炎武说"君子之为学,以明道也";张维屏说"读书何所求,将以通事理";清人章学诚认为,学者致力于学习,其实是在致力于明道,"学问之事,非以为名。经经史纬,出入百家,途辙不同,同期于明道也。……学术无有大小,皆期于道。……是故,遑遑汲汲,自力于学,将以明其道也"。

道是什么?道就是事物之所以如此存在、如此运动和发展的道理。用现代的话来说,物理、事理、义理就是道。

学习的目的是为了明道,而不是为了名与利。这是为学之道的首要原则。

现代的年轻人普遍误读子夏所云"学而优则仕"之义。"学而优则仕"中的"优",并非"优秀"之义,而是"裕如""有余"之义;"则"乃转承之语,表示"可以",而无"必须""必然"之义。对"学而优则仕"之义的正确解读应该是:若学习有余力,则可以为仕,以验其学之用。我们又知道,"学而优则仕"一语前还有"仕而优则学"一语,显然,"仕而优则学"中的"优",更不能理解为"优秀"之义啦。

二

为学当然有一个学什么的问题。我们知道,现代社会是一个分工细密、学科专业林立的社会,也就是"术业有专攻"的社会,因而对学什么的问题不能一概而论。在此,我只想对为学的"博"与"约"关系问题,谈一些看法。

在我国当今社会,一些年轻人,为什么知识结构不合理(知识面狭窄)到可以喻为"偏瘫"的程度？如学文科专业的人,对理科知识知之甚少;学理科专业的人,对文科知识知之甚少。如果把文科知识和理科知识分别喻为人的右脑和左脑,那么文、理知识结构的极端失衡必然造成"偏瘫"之疾。这种文、理偏科的知识结构,极不利于造就心智成熟、人格健全的人才,更不利于造就知识结构合理的创新型人才。

对一个人的成长而言,知识结构是否合理,其重要性是众所公认的。综观那些古今中外的著名科学家、思想家、艺术家的成长经历,我们就会发现,他们大多具备博学多才、文理兼备的知识结构。对此,著名数学家苏步青曾经说过如下一段话:

有的青年以为，学好数理化就行了，至于语文学得好不好，无所谓。这种看法是错误的。数理化固然重要，但语文却是各门学科最基本的工具。文理相通嘛！……有的理科大学生数理化还好，但写实验报告文理不通，错别字很多，这样，即使你很有创造性，别人还是看不懂。……未来的大学生，文科的大学生要选修一些理科课程，理科学生也要选修一些文科的课程，培养出来的人才，就能既广博，又精通。

著名桥梁专家茅以升也曾说过如下一段话：

要想当专家，首先应该是"博"士，要想成为某一门知识的专家的同志，千万别把自己的视野限制在这门学科的范围内。学文科的要学理，学理科的要学文。大家都可以学点音乐、美术之类。现在有些同志对专业研究颇有见地，但因为文学水平差，论文写不好，研究成果表达不清，得不到别人的承认，更谈不上研究成果为社会服务。有些知识，看起来与自己的专业无关，但学了，见多识广，能启迪你的思想，加深对知识的理解，促进学习。

平心而论，苏步青、茅以升两位先生所说的文理不兼备、知识结构不合理的人，至今仍然大有人在。对此，我想告诫人们的是：与其说"知识就是力量"，不如说"合理的知识结构才是力量"！

对于此，国家已经在高考制度方面出台了相关的改革措施，这是对的；在大学教育上，一些高校也采取了灵活选择专业、扩大选修课范围、设立第二学历制度等相关改革措施,这些都是值得称道的。

为学首先要博学。《中庸》曰"博学之,审问之,慎思之,明辨之,笃行之"。在这学、问、思、辨、行序列结构中,"博学"居其首位。在一般意义上,我们也可以认为,博学是审问、慎思、明辨、笃行的基础。由此可见博学的重要意义。

孟子说"博学而详说之,将以反说约也"。孟子的意思是说,博的目的是为了达到约,我们可以将其说成"博以致约"。

苏轼在《稼说·送张琥》一文中说"博观而约取,厚积而薄发"。在此,苏轼用简短的十个字准确地概括出了博与约的关系,善哉,妙哉!

真正对博与约做出语义界说的当首推北宋学者程颐,他说:"博与约相对,圣人教人,只此二字。博是博学多识,多闻多见之谓,约只是使之知要也。"胡居仁对博与约的关系说得更清楚,其曰:"穷理不周遍,则不能约要,故先博而后约。博是零碎处,约是总会处,穷理而至融会贯通,则约矣。"胡居仁的这段话说出了两个重要观点:博是约的基础;约是融会贯通的产物。

从为学的角度而言,"博"指博学,即以"一事不知,以为深耻"的心态广泛学习所应学、所能学的知识;"约"指"知要",即对博学所得知识能够有一个化繁为简、融会贯通、高屋建瓴、提纲挈领式的把握。

以前,我国存在一个现象或做法:无论是小学教育、中学教育还是大学教育,学生的课业负担太重,尤其是作业负担太重,学生几无自由活动、自由读书、自由思考的时间和精力;仅就读书而言,学生几无大量阅读课外书籍或专业外书籍的时间和精力,甚至有的教师反对学生阅读课外书籍或专业外书籍。在这种"不许自由选择"的教育模式下,何以使学生做到博学呢?没有博学之基础,何以要求学生做到"反说约""厚积薄发"呢?

我们知道,国家教育部已经出台"双减"(减轻作业负担和校外培训负担)政策,这说明国家已经注意到减轻学生的学业负担以使学生有更多的时间和精力全面发展(包括向博学方向发展)的问题。不过,我们还要知道,解决学生课业负担过重的问题,绝不是一减了事的问题,同时还应考虑诸多"加"的问题,如为学生增加利用好课余时间的相关设施条件;加强对学生科学有效地利用课余时间的指导;在教学内容上适当减少"鱼"范畴的内容而增加"渔"范畴的内容;大力改革教学质量或教学效果评价体系、改进教学方法以使学生学好学足课程知识;等等。

三

人们常说"态度决定一切"。态度即动机。对为学而言,为学的态度决定为学的成效乃至成败。《大学》云"物格而后知至,知至而后意诚,意诚而后心正,心正而后身修……"这里的"意诚""心正"就是指态度。学习是修身的过程,而学习的成效乃至成败,取决于是否有"意诚""心正"的态度。有了正心诚意的学习态度,才能真正树立"学以明道"的宗旨。

我们常说,做学问,首先要学做人。1922年12月,梁启超曾在苏州做过《为学与做人》为题的演讲。他在演讲中说:

> 问诸君:"为什么进学校?"我想人人都会众口一词的答道:"为的是求学问。"再问:"你为什么要求学问?""你想学些什么?"恐怕各人的答案就很不相同,或者竟自答不出来了。诸君啊!我替你们回答一句罢:"为的是学做

人。"你在学校里头学的什么数学、几何、物理、化学、生理、心理、历史、地理、国文、英语,乃至什么哲学、文学、科学、政治、法律、经济、教育、农业、工业、商业等等,不过是做人所需的一种手段,不能说专靠这些便达到做人的目的,任凭你把这些件件学的精通,你能够成个人不成个人还是个问题。……你千万别要以为得些断片的智识,就算是有学问呀。我老实不客气告诉你罢:你如果做成一个人,智识自然是越多越好;你如果做不成一个人,智识却是越多越坏。

蒙田在《论学究式教育》一文中也说:"一个人不学善良做人的知识,其他一切知识对他都是有害的";"知识是良药,但是不管什么良药,因药罐保存的质量差,都会变质失效。"

确哉,切哉。上引梁启超和蒙田的话,至今仍然适用,为学者当铭记在心。

我之所以强调为学态度的重要性,就是因为为学态度是能够长久保持为学动力的关键。也就是说,为学动力来源于为学态度,为学态度决定为学动力,用一句话概括说就是"动机决定动力"。

哲学家任继愈先生曾说"摆对了学习的目的,才能取得学习的真正的动力。爱祖国是真正的动力,学习知识、掌握本领是为了振兴中华"。对中国人而言,"为中华之崛起而读书"(周恩来语),应该成为我们每一个中国人读书学习的最根本的态度或动机。程朱理学的集大成者朱熹说"心不公底人,读书不得",所谓"心不公底人",就是指私心杂念过重的人。"为中华之崛起而读书","爱国不忘读书,读书不忘爱国"(蔡元培语),就是最彻底的"心公"。心公就是心正的表现,心公、心正才能保持长久的读书动力。

心公的读书动机,当然是针对"心私"的读书动机而言。心私的读书动机,就是我们今人常说的功利主义读书动机。关于功利主义的读书动机,叶灵凤曾不无讥讽地指出,"学问家的读书,抱着'开卷有益'的野心,估量着书中每一个字的价值而定取舍,这是在购物,不是读书"。

"读书是为了学知识",这话本身没有错。但是,我们还要进一步追问:学知识是为了什么?这就是为学的态度或动机问题。为学态度比为学方法更重要。为学态度解决的是为学的战略方向问题,而为学方法是解决为学的战术技术问题。在问为学方法之前,我们应该首先问为学的态度问题。对此,曾任新华社社长的穆青先生说,"对于治学者来说,首要的问题是正确解决治学的动力。这是比一切治学的具体方法和具体措施更加重要的真正的治学'诀窍'"。

我们当然不能说"知识越多越反动"("文革"时期的话)。学知识是必须的,但是我们要知道,学知识的同时还要学做人之道——做善良的人,做正直的人,做爱国的人;学知识是为了做更有价值的人——心智成熟、人格健全、明理善断、积极进取之人。

为学之道的内容很多,我无法全面谈及。以上,我只是对为学宗旨、为学心态、博与约的关系、为学与做人的关系等方面谈了一些看法。

书是什么

读书,首先要有书。书中有什么,致使人们孜孜不倦地读书?

中国有一位皇帝曾经明确回答过书中有什么的问题。这位皇帝就是宋真宗赵恒,他写《劝学诗》云:

> 富家不用买良田,书中自有千钟粟。
> 安居不用架高堂,书中自有黄金屋。
> 娶妻莫恨无良媒,书中自有颜如玉。
> 出门莫恨无人随,书中车马多如簇。
> 男儿欲遂平生志,五经勤向窗前读。

在宋真宗看来,书中有千钟粟、黄金屋、颜如玉,还有很多的车马。这当然是对科举制度下士子读书登第后的物质回报的比喻。由此我们又可以联想到"遗子黄金满籯,不如一经""蹉跎莫遣韶光老,人生唯有读书好"等盛赞书籍和读书之语。

明成祖朱棣也曾谈及书中有什么的问题,他说"厥初圣人未生,道在天地;圣人既生,道在圣人;圣人已往,道在六经。六经者,圣人为治之迹也"。朱棣所谈的是六经之书,他认为六经之书中有"道",实际上仍然在讲"文以载道"的道理。中国古人所说的"道",是指宇宙万物由以生成和发展的最基本的根据与法则,它是中国古代思想的核心概念。哲学家金岳霖指出,"万事万物之所不得不由,不得不依,不得不归的道才是中国思想中最崇高的概念"。

清乾隆皇帝也秉持"文以载道"之理,不过,比起朱棣,他的说法更有理论色彩。乾隆在《文溯阁记》中说:

> 权舆二典之赞尧、舜也,一则曰文思,一则曰文明,盖思乃蕴于中,明乃发于外,而胥藉文以显。文者,理也,文之所在,天理存焉,文不在斯乎,孔子所以继尧、舜之心传也。世无文,天理泯,而不成其为世。

乾隆这里所言"文",广义上说有文化、文明之意,狭义上说则指文字及其记录,文字记录的产品就是文献(包括书)。他认为,文思、文明皆"藉文以显",此"文"即指文字记录及其产品。所谓"文之所在,天理存"以及"世无文,天理泯",说的就是书中有"天理",无书则天理无以传之意。其实,明人丘濬早已说过与乾隆相似的话,他说"书籍之在世,犹天之有日月也,天无日月,天之道废矣;世无书籍,人之事泯矣"。不过,丘濬把书的有无与"天之有无日月"相比拟,可谓将书的重要性提高到了无与伦比的地步。

清代的孙从添则把书籍的重要性比喻为"天下之至宝"和"人身之至宝",其曰:

> 夫天地间之有书籍也,犹人身之有性灵也。人身无性灵,则与禽兽何异?天地无书籍,则与草昧何异?故书籍者,天下之至宝也。人心之善恶,世道之得失,莫不辨于是焉。天下惟读书之人,而后能修身,而后能治国也。是书者,又人身中之至宝也。以天下之至宝而一旦得之,以人身之至宝而我独得之,又不至埋没于尘土之中,抛弃于庸夫之室,岂非人世间一大美事乎?

孙从添在这里说出了一个重要道理:只有人类才能制作书籍并利用书籍进行修身治国活动,而动物则不具有这样的能力。这是从书的角度概括的人与动物的根本区别,他的这一论说可谓与众不同、独具慧眼。由此而言,把书籍比喻为"天下之至宝"和"人身之至宝",并不为过。孙从添的这段话出自他的《藏书记要》一文。在孙从添看来,藏书等于"藏宝",是"人世间一大美事"。

"文以载道",也就是说,书中记载有道;书的重要性源于道的重要性。从历史的角度而言,若无书,天下之道便无以记存并传至今,因此,书不仅是载道之器,也是传道之器。道在书中,人们著书,为了记录此道;人们读书,为了明白此道(明道)。可见,书是人类的载道、传道、明道之器,这就是书的重要价值所在。

书是什么?书其实就是供人们获取间接知识的"传送带"。通过间接途径获取知识,这是只有人类才能具有的独特能力,动物不具有这样的能力,因而是人与动物的根本区别所在。对此著名作家廖沫沙说道:

> 我主张人们不仅要读书,而且要多读书。"人不读书,不能成人",我很想提出这样一个口号。……人的知识主要是从实践中取得的,但不能只靠个人直接的实践,还要靠间接的社会实践,即保存在书本中的社会实践的总结与总和。人通过书本,就可以取得比自己的直接经验更广泛更丰富得多的知识,也就可以对眼前的事物(自然界和社会历史)认识得更清楚、更全面、更深刻。

记录于书中的知识(道),才具有传之不朽的生命力。魏文帝曹丕在《典论·论文》中认为,"盖文章,经国之大业,不朽之盛事。年寿有时而尽,荣乐止乎其身,二者必至之常期,未若文章之无穷。是以古之作者,寄身于翰墨,见意于篇籍,不假良史之辞,不托飞驰之势,而声名自传于后"。显然,曹丕认识到了文章(文献)的超越个体生命的有限而无穷传播于后世的功能价值。书之传,就是道之传,同时也是作者的"名自传"。曹丕认为,一个人的年寿、荣乐都"必至之常期"而终,无以成就"三不朽"(立德、立功、立言)之事,而文章(文献)之事则可以成为传之千古的不朽之事。

书中所载之道具体指什么?就是修身、齐家、治国、平天下之道,简单地说就是修己治人之道,亦即内圣外王之道。众所周知,中国古代帝王都很重视"文治",而"文治"中的"文",既包含文化、文明之义,也包含"以载道之文治之"之义。正因如此,曹操的谋士之一袁涣建议曹操大收图籍时说:"今天下大难已除,文武并用,长久之道也。以为可大收篇籍,明先圣之教,以易民视听,使海内斐然向风,则远人不服可以文德来之。"宋太宗说得更明确:"夫教化之本,治乱之源,苟无书籍,何以取法?"他又手指秘阁书籍谓侍臣说"千古治乱之道,并在其中矣"。

在中国古代,把书籍视为文治之具的观点是一种普遍的观点。在这方面,唐太宗时期的文臣魏徵说的一段话最具代表性,他说:

> 夫经籍(图书)也者,机神之妙旨,圣哲之能事,所以经天地,纬阴阳,正纪纲,弘道德,显仁足以利物,藏用足以独善,学之者将殖焉,不学者将落焉。……其王者之所以树风声,流显号,美教化,移风俗,何莫由乎斯道?

书以载道,道在书中,所以宋人包恢干脆说"书即道,道即书"。这是中国人回答"书是什么"问题的最高概括。用哲学语言说,"书即道,道即书",是中国人对"书是什么"问题的本体论回答。

西方人也有很多谈论书籍的言说,但大多未超出高尔基所言"书籍是人类进步的阶梯"一语的高度。在西方人所谈有关书籍的言论中,我最喜欢约翰·卢伯克爵士说的下面一段话:

> 像一个人的记忆一样,书就是人类的记忆,因为在书里,包含着人类的历史,进化发展的过程,年代累积的知识与经验,也描出了自然界的神奇和优美。借着书的帮助,人类渡过了多少难关,抚慰了多少忧患和悲戚,使忧伤的时光重沐愉悦的阳光;借着书的启导,使我们获得较完美的、较爽朗的思想和满脑子的概念,而使得个人能超越自己。

书中有什么？按照中国人的说法，书中载有道；按照西方人的说法，书中有知识和经验。其实，知识和经验，就是道的内容，所以两种说法在本质上是一致的。不过，约翰·卢伯克爵士的可贵之处在于他提出了"书就是人类的记忆"这一重要命题。所谓"书就是人类的记忆"，意思是说"书是人类的体外记忆载体"，其所载内容（记忆内容）就是知识和经验。我们知道，人的大脑是个体的体内记忆载体，而书籍则是体外的"社会记忆"或"公共记忆"载体。人的大脑作为记忆载体，与人的生命同生共死；而书籍作为体外记忆载体，能够超越个体人的生命而将知识和经验代代相传。由此而言，书籍的价值在于它是人类文化的体外记忆和传播机制，借此人类的文化得以代代积累和相传。

英国的科学哲学家波普尔看到了"书籍是人类文化的体外记忆和传播机制"这一原理，据此他提出了著名的两个思想实验：

实验1：我们所有的机器和工具，连同我们所有的主观知识，包括我们关于机器和工具以及怎样使用它们的主观知识都被毁坏了，然而，图书馆和我们从中学习的能力依然还存在，显然，在遭受重大损失之后，我们的世界会再次运转。

实验2：像上面一样，机器和工具被毁坏了，并且我们的主观知识，包括我们关于机器和工具以及如何使用它们的主观知识也被毁坏了，以致我们从书籍中学习的能力也没有用了，……我们的文明在几千年之内不会重新出现。

显然,波普尔的上述两个思想实验,是"一正一反"的对举假说。波普尔的这一假说是在他的《客观知识——一个进化论的研究》一书中提出的。他所称"主观知识",指的是以人脑为载体的、与个体生命同生共死的主观意识意义上的知识;"客观知识"指的是将主观知识客观化到书籍等体外载体上的知识。波普尔这一假说中使用的"图书馆""书籍"这两个词,就是在体外载体意义上使用的。波普尔的两个思想实验所假设的是:只要有了"书籍"这样的体外知识记忆载体,那么即使人类的物质文明与精神文明成果都被毁坏,"我们的世界会再次运转",即人类的物质文明与精神文明会再次恢复,反之则反。当然,波普尔的这一假说,是不可验证的假说,但是,波普尔借此把客观知识——书籍中的知识——的重要性提高到无以复加的程度了。

本文开头有问:书中有什么,致使人们孜孜不倦地读书?我想,本文写到这里,已经较全面地回答了这一问题。不过,为了引起你的进一步思考,我觉得还有必要把中国的刘知几和英国的斯迈尔斯说的下面两段话送给你:

> 苟史官不绝,竹帛长存,则其人已亡,杳成空寂,而其事如在,皎同星汉;用使后之学者,坐披囊箧,而神交万古,不出户庭,而穷览千载。(刘知几)
>
> 古往今来,好书总是人们最好的朋友。……它绝不会在患难时背弃你,它对你永远是那样亲切:年轻的时候,它教导你,使你从中得到乐趣;年纪大了,它又时时安慰你,鼓舞你。……一本好书就是由这些黄金似的思想和那些珠玑似的字句堆砌而成的宝藏,其中所闪耀着的灵智是那

样的令人怀念,令人珍爱,实在是人类最忠贞的良友和精神的食粮。书是人类奋斗史上最为不朽的硕果。多少的殿堂,多少的雕像已经随着年代湮没,只有书,还始终屹立着。伟大的思想、伟大的灵智永远经得起时间的考验,从几世纪前,在作者的心中孕育成熟,直到今日,始终是经久而常新,字里行间依然跳跃着当年的思想和宏论,仿佛先哲就在眼前。(斯迈尔斯)

论读书

我们知道,古今中外许多名人都写过有关读书方面的文章,可以说,有关读书方面的文章和书籍,多如牛毛,该谈的问题几乎都谈完了。因此,我在这里再谈读书问题,就显得多余。所以,我这里所讲的读书之道,主要是讲给那些不谙读书之道的年轻人。

读书,有一个非如此不可的前提,那就是读书须先立志。读书须先立志,我称之为读书的第一原则或先决条件。

《说文解字》释"志"曰:"志者,心之所之也。"《诗序》曰:"在心为志。"说明志是一个心理问题,准确地说是一个心理意向问题——对某事想达到什么目的及其程度问题。很多人认为,读书学习只是一个智力和方法问题,与心理无关或关系不大,殊不知智力和方法有赖于"志"的定性、导向和促动。对读书学习而言,志决定智力和方法,智力和方法是跟随志并为实现志的目标而服务的手段。用中国古人的体用对举逻辑说,志属于"体",而智力和方法则属于"用"。墨子说"志不强者智不达",王夫之说"志立则学思从之",李颙说"学问之要,全在定心;学问得力,全在心定"等,都在强调志的本体地位及其作用。

关于读书须先立志的道理，古今中外的人们已有很多谈论，其中我最喜欢的是曾国藩的下面两段话：

> 士人读书，第一要有志，第二要有识，第三要有恒。
>
> 读书之志，须以困勉工夫，志大人之学。君子之立志也，有民胞物与之量，有内圣外王之业，而后不忝于父母之所生，不愧为天地之完人，故其为忧也，以不如舜、不如周公为忧也；以德不修、学不讲为忧也。……若夫一身之屈伸，一家之饥饱，世俗之荣辱、得失、贵贱、毁誉，君子固不暇忧及此也。

在曾国藩看来，读书人有志，是做到有恒和有识的前提；读书人应该"志大人之学"。何谓"志大人之学"？就是"民胞物与"和"内圣外王"之志；而且，还要有"先天下之忧而忧，后天下之乐而乐"（范仲淹语）的情怀以及先人后己的德行。简单地说，所谓"志大人之学"，就是志存高远，以天下为己任。

曾国藩为自己制定的座右铭是"不为圣贤，便为禽兽；莫问收获，但问耕耘"。由此可见，曾国藩确立有"必为圣人之志"（王阳明语），这种"志"就是"志大人之学"。

从思想渊源上看，曾国藩的读书思想，似乎更多地继承了王阳明的思想。王阳明就曾说"志立而学半""立志者，为学之心也""先立必为圣人之志"。

周恩来说"为中华之崛起而读书"，蔡元培说"读书不忘报国，报国不忘读书"，这就是"志大人之学"啊！

毛泽东之所以能够成为一代伟人，与他从小"志大人之学"紧密相关。毛泽东十六岁时,投考湖南湘乡县立东山高等小学堂,在入学考试时,他作了一首《言志》诗:"独坐池塘如虎踞,绿杨树下养精神。春来我不先开口,哪个虫儿敢作声。"显然,毛泽东在此表达出了一种"舍我其谁"的豪迈精神。当时东山高小的校长李元圃读完此诗后,兴奋不已地说:"今天我们学堂里取了一名建国材!"众所周知,毛泽东后来确实成了中国共产党、中国人民解放军和中华人民共和国的主要缔造者和领导人。

在东山高小学习半年后,毛泽东离开湘乡,赴长沙求学。临行前,毛泽东给父亲留下一首诗云:"孩儿立志出乡关,学不成名誓不还。埋骨何须桑梓地,人生何处不青山。"从此毛泽东确实读书求学不止,转战南北,拯救民族于危难之中,实现建国大业,兑现了他"学不成名誓不还"的高远之志。

毛泽东不仅以诗言志,而且还为此规划出了具体的行动方案。1917年毛泽东曾如是说:"真能欲立志,不能如是容易,必先研究哲学、伦理学,以其所得真理,奉以为己身言动之准,立为前途之鹄,再择其合于此鹄之事,尽力为之,以为达到之方,始谓之有志也。如此之志,始为真志。"毛泽东的这一行动方案,可谓"志行合一"或"知行合一"。毛泽东终生读书,终生探索真理,终生为国操劳,终生践行了"志行合一"或"知行合一"之志。可以说,毛泽东是"志大人之学"最成功的伟人。

爱因斯坦之所以能够在科学上取得非凡成就,与他所确立的崇高志向紧密相关。爱因斯坦在《不回德国的声明》一文中曾这样表白自己的志向:

……我也希望将来像康德和歌德那样的德国伟大人

物,不仅时常会被人纪念,而且也会在公共生活里,在人民的心坎里……永远受到尊敬。

在《我的世界观》一文中,爱因斯坦也表白了自己心目中的理想生活:

> 我从来就不把安逸和享乐看作是生活目的本身——这种伦理基础,我叫它猪栏的理想。照亮我的道路,并且不断地给我新的勇气去愉快地正视生活的理想,是善、美和真。……要不是全神贯注于客观世界——那个在艺术和科学工作领域里永远也达不到的对象,那么在我看来,生活就会是空虚的。

全神贯注地探索那永远也达不到终点的未知领域,这就是爱因斯坦的科学研究志向。人们都知道,爱因斯坦是这么想的,也是这么做的,而且做出了世人皆知的伟大成就。

立志对于读书之所以如此重要,在于它是读书欲望与动力之源。读书过程中的畏难心理、半途而废、记不牢、不能熟读精思等现象,其实都是立志不坚所造成的。志不坚,无以博学,更无以铸就读书人生。

也许有人会认为,曾国藩、毛泽东、爱因斯坦等伟人的读书志向,无以复制,不具普遍性,不适用于普通人;或者说,认为普通人不宜也不必"志大人之学"。非也,普通人也可以"志大人之学",曾国藩、毛泽东、爱因斯坦等伟人起初也是普通人。此即"人皆可以为尧舜"(孟子语)之理。

不过,我们普通人确实不必把自己的读书之志表达成豪言壮语。我自己就把读书志向表达为"充实自己"。我读书的目的或志向,就是为了充实自己。"成己"才能"成物";通过读书充实自己,就是"成己"的过程。

从审美角度而言,通过读书充实自己、"成己"的过程,其实就是"美身"或"美己"的过程。孟子说"充实之谓美",荀子说"君子之学也,以美其身"。这种"美",当然是一种内在修养美,其外显就是气质美。所以,中国古人常说读书能够使人"变化气质",这就是苏轼所言"腹有诗书气自华"的道理所在。

如何立志向学?对此明末清初人王锡阐指出"欲立志者,必先去俗情;欲向学者,必先省俗务"。此话说得有点过于"阳春白雪",但其告诫人们树立免于"下里巴人"的为学态度之意是值得肯定的。林语堂在谈论读书的意义时说:

> 读书要能破俗见陋习,复人之灵性。……要时时读书,不然便会鄙吝复萌,顽见俗见生满身上。一个人的落伍、迂腐、冬烘,就是不肯时时读书所致。所以读书的意义,是使人较虚心,较通达,不固陋,不偏执。……读书的主旨在于排脱俗气。

林语堂所言读书能够"排脱俗气",其实就是在"充实自己""变化气质""美其身"意义上而言的。一个为充实自己而读书的人,必然要求自己"排脱俗气",所以可以说,充实自己的过程,也就是排脱俗气的过程。试想,对一个俗气满身的人,我们能称其为"气华""身美"的人吗?显然不能。

我一开始对读书感兴趣的时候,每读完一本书后,总觉得有一种莫名的充实感和长进感。就是这种充实感和长进感,让我一见到书就爱不释手。读书,早已成为我的第一兴趣爱好。不过,我从未考虑过用某一句话概括自己的读书旨趣。大概是十几年前,当我读到梁实秋的有关读书的随笔文之后,受其启发,我才把自己的读书旨趣概括为"充实自己"。梁实秋的原话是这么说的:

> 读书不是为了应付外界需求,不是为人,是为己,是为了充实自己,使自己成为一个明白事理的人,使自己的生活充实而有意义。

我当时读完梁实秋的这段话之后,心里顿觉"众里寻他千百度,回头蓦见,那人正在灯火阑珊处"之感。于是,我就把梁实秋的"充实自己"一语"窃为己有",并窃喜至今。

以上谈了读书须先立志问题。其实,读书先立志,是一个心态问题,就是对自己"为何读书"怎么想的问题。想通过读书充实自己,这是一种读书心态;想通过读书达到某种功利目的(如提高学习成绩、打高分,晋升各种职务,显示自己有文化、有水平,等等),这也是一种读书心态。人们常说"心态决定一切",读书亦然——用什么样的心态读书,就会结出什么样的读书之果。至于这个"果"是有益之果还是有害之果,人们当"慎思之,明辨之"。

读书须先立志,但我们这里所说的"志",是"志大人之学"或"志存高远"意义上的"志",而不是某种很具体的功利性目标。为获得学历学位而读书,为晋升各种职务而读书,为获得高收入职业而读书,为在别人面前炫耀自己而读书……,为这些具体的目标而读书,就是功利性的读书目的。这种功利性读书目的,在现代年轻人当中越来越普遍,由此出现了读书动机的严重异化局面。这种异化的读书动机,不可能为读书人提供源源不断的持久动力,因为在这种动机下读书的人不懂得"如此的目的地乃是一座坟墓"的道理,也就是不懂得"具体目标达到之日,就是读书动力衰竭之日"的道理。一句话,你有什么样的动机,你就是什么样的人。

毋庸置疑的是,名和利的动机,在现代年轻人当中越来越普遍。对此,赵鑫珊先生曾指出:

> 出于这种动机的人也可能发表诗歌、小说或剧本,但不可能成为李白、托尔斯泰或雨果;他有可能成为数学所的研究员或数学教授,但成不了康托尔或希尔伯特;他或许能成为物理教授,但别指望能成为爱因斯坦或玻尔;他也许能成为哲学教授,但却毫无希望成为老子、康德或马克思或罗素和维特根斯坦。

既要求读书须先立志,又要求读书不要有具体的目的,这不是矛盾吗?是否矛盾,就看你怎么理解啦。我相信,明眼人都能看出其中的玄机。小说家卡夫卡的《我的目的地》中有这样一段对白描述:

> 我叫人把我的马拉出马厩。仆人不理解我。我亲自走进马厩,给我的马装上马鞍并骑了上去。……到门口的时候他拦住我问:"先生你要去哪?"我答道:"离开这里,离开这里,永远离开这里。只有这样,我才能抵达我的目的地。""那么你知道你的目的地?"他问道。"是的",我说:

"我已经说过了,离开这里,就是我的目的。"

"离开这里,就是我的目的"。读者朋友,我想你通过卡夫卡的这段话已经明白了我上面为什么说读书不要有具体的目的的用意了。

在此,我想用余秋雨和刘醒龙两位先生说的话,与读者共勉:余秋雨说"读书不是方法问题,而是心态问题";刘醒龙说"不要带着某种目的读书,就像不要带着某种目的与人交往"。

论读书方法

读书有法吗？我想说，读书有法，亦无法。

读书方法重要吗？我想说，重要，也不重要。

"老师，您教我怎么读书。"我经常被学生问及这一问题。说实话，我至今也未能找出回答这一问题的所谓"正确"答案。对我来说，回答如何读书问题，简直是"天问"，无法斩钉截铁地、一语中的地回答。我在教学过程中，经常鼓励学生提问，所以学生提出的问题，我又不能不回答。无奈，我只好回答："读书读多了，你自己就能找到读书方法了。"有时，我又这么回答："读书有法，亦无法，需要自悟。"我知道，这样的回答，学生肯定不满意，学生肯定感到不知所云，甚至感到一头雾水。

著名的文化学者余秋雨先生曾经说过一句话："读书不是方法问题，而是心态问题。"我很认同余先生的这句话。对想读书的年轻人而言，首先要把握好心态，然后再考虑方法问题，而不是反之。如果读书心态不正，那么读书方法再正确也无济于事。

我们都知道，一个人想要勤读书、多读书，需要坚定的意志力或毅力，而意志力的强弱决定于心态的正确与否。朱熹说"大凡心不公底人,读书不得"。所谓"心不公",包括以获私利为读书目标、以炫耀自己为读书动机、以私意解读文意、"以小人之心度君子之腹"等多种心态。这种心态,实际上就是"私心杂念"。私心杂念太重的人,无以立高远之志,无以坚定意志力,因而也无以造就读书人生。

正确的读书心态,就是正心诚意的读书心态。一旦确立了正心诚意的读书心态,私心杂念便无从生成;私心杂念不生,才能坚定意志力,才能做到专心致志。

那么,什么是正心诚意的读书心态?对此,王阳明曾说过如下一段话:

> 大抵学问工夫,只要主意头脑是当。若主意头脑专以致良知为事,则凡多闻多见,莫非致良知之功。

在王阳明的这段话中,"主意头脑"就是指正心诚意的为学心态,其核心内容或目标就是"致良知"。《中庸》曰"君子尊德性而道问学"。这里的"道问学",其实是"尊德性"之功,也就是"致良知"之功。"道问学"是为了做到"尊德性"和"致良知",而不是为了实现某种一己之私的名和利。"道问学"以"致良知",这就是"心公"的读书心态,也就是正确的读书心态。

孔子说"古之学者为己,今之学者为人"。其实这句话也是针对为学心态而言的。所谓"为己"之学,就是为充实自己、完善自己而学;所谓"为人"之学,就是为在别人面前炫耀自己、自命不凡而学。我们应该追求"为己"之学,还是追求"为人"之学?学者当"明辨之"。

上面谈了读书心态问题。下面再谈读书方法问题。

我也读过不少名人谈读书经验、读书方法之书之文,如《学规类编》《古代阅读论》《读书四观》《中国文化名人书系:谈治学》《中国名家读书法》《古今名人读书法》《名人读书百法》《百家读书经》《古人治学典故集》《朱子读书法》《胡适论读书》《毛泽东读书十法》《曾国藩读书生涯》《阅读的力量》《阅读改变人生》《如何阅读一本书》《阅读力》《读书的方法与艺术》《读书的情趣与艺术》《读书记》《读书箴言》等等。我自己也曾班门弄斧地写过《论古代中国人的治学智慧》一文(4万多字)。

读完这些书,给我的感觉是,古今中外,凡是名人几乎都谈读书经验、读书方法,似乎不谈读书经验、读书方法的人就算不上名人。还有一种感觉是,名人们所谈的读书经验和方法,虽然经验各异(这是必然的),所概括的方法之名各异,但我总觉得大同小异;尤其是当我了解到朱子读书六法之后,总觉得古今中外的人们所谈读书方法,都不出朱子读书六法之右。迄今为止,朱熹是谈论读书法最多的大家,他不只是理学大师,我还想称他为"读书法大师"。

朱子读书六法,即循序渐进、熟读精思、虚心涵泳、切己体察、着紧用力、居敬持志。这六法之名是由朱熹的弟子辅广在整理朱熹的有关读书的言论时概括命名的,同时辅广把自己的整理成果命名为《朱子读书法》。后来,张洪、齐熙二人对辅广的《朱子读书法》加以补订,但仍名之《朱子读书法》。

迄今为止,古今中外的人们所谈或所总结的读书经验和方法,可谓多之又多。就读书方法而言,泛读法、速读法、SQ3R法(Survey, Question, Read, Recall, Review,浏览,提问,阅读,复述,复习)、昼读夜思法、昼经夜史法、八面受敌法、提要勾玄法……,可谓数不胜数。有人提倡泛读法,有人提倡精读法;有人提倡多读而博,有人提倡少读而专;有人提倡熟读精思,有人提倡不求甚解;有人主张"学者必有师"或"独学而无友,则孤陋而寡闻",有人主张为学"不可倚靠师友"……,可谓让人无所适从。

　　读书经验如此之多,几乎一人一经验;读书方法如此之多,几乎一人一方法。曾祥芹、韩雪屏编写的《阅读学原理》一书中,归纳有读书方法 108 种之多。读书方法如此多,说明了什么?只能说明:世上没有适用于所有人的通用读书法,而只能有适用于个体人的具体读书法。适用于个体人的具体读书法,可以是一种,也可以是多种。世上没有统一的、最好的读书法,适用于自己的读书法才是最好的读书法。

　　朱熹说读书要做到"三到"——眼到、口到、心到。后来,有些人(如胡适)又加了一"到"——手到。所谓"手到",主要指圈点画线、做眉批、做笔记之举。袁枚说"读书不手记,一过无分毫",此话确然。我很赞同"手到"的读书法,所以我自己就长期坚持"不拿笔不读书,读书必拿笔"的习惯。俗话说"好记性不如烂笔头",就肯定了读书做笔记的好处。徐特立先生当年就特别推崇"不动笔墨不看书"的读书法,也许此故,他的得意学生毛泽东就终生保持读书圈点、做眉批的"手到"习惯。

　　胡适在北京大学供职时,经常被邀做读书方法为主旨的演讲。经过多次演讲之后,他觉得有必要做一个总结,于是他说道:

> 　　至于读书的方法我已经讲了十多年,不过在目前我觉到读书全凭先养成好读书的习惯。读书无捷径,是没有什么简便省力的方法可言的。读书的习惯可分为三点:一是勤,二是慎,三是谦。……其次还有个买书的习惯也是必

要的。闲时可多往书摊上逛逛,无论什么书都要去摸一摸,你的兴趣就是凭你伸手乱摸后才知道的。图书馆里虽有许多的书供你参考,然而这是不够的,因为你想往上圈画一下都不能,更不能随便的批写。……青年人要读书,不必先谈方法,要紧的是先养成好读书、好买书的习惯。

我很赞同胡适的上述说法。之所以赞同,不是因为这句话是由某个名人说的,而是因为我自己在长年的读书过程中切身感受到了养成常买书、勤读书之习惯的重要性。对读书而言,我认为习惯胜于方法。迄今为止,我确实没有找到或总结出值得推广于别人的读书方法,我只有一些读书感受和习惯性做法。下面随便罗列若干,权当我的读书心得:

——"读书须先立志",这是读书的首要原则,因为"志不强则智不达"。

——读书不能有过于具体的目标,要有"由此出发,便是目的地"的旷达心态。这是消除功利主义读书心态的根本要求。

——敬畏知识,敬畏先贤;崇尚真理,矢志不渝,这是朱熹所言"居敬持志"的要义所在。

——要养成常买书、勤读书的习惯,这样才能做到日积月累。

——朱熹说"蓄极则通""读多自然晓",不读、读少,则不通、不晓。

——读书一定要做读书笔记,不然会读多少,忘多少!

——不能盲目相信泛读、速读、不求甚解之类的"似是而非"之法;只有精读、细读、品读,才能全面读出书中之道,这叫"熟读精思"。

——要想多读书,无捷径可走,更无万能之法,只有一条"勤读"之路。

——不能"死读书,读死书",要"切己体察",要学会"六经注我"。

——理解书中之义,不能过度自我,不能"认死理",要做到"毋意、毋必、毋固、毋我";有难解或疑义时要"多闻阙疑"。

——善读者以读为乐;读书无乐趣者,请勿强读,毕竟人生还有其他事可做。

我的读书法：涵泳自得法

我已步入还历之年。回顾以往岁月，有一点是值得欣慰的，那就是我基本上做到了无一日不读书。迄今为止，我的最大习惯就是常买书、勤读书。这一习惯恐怕伴我终生。

每当有人问我有没有特别管用的读书方法时，我都这样回答："没有，我只是拿起书来就读。"我的这种回答绝无敷衍之意，而是我心里的话，因为我确实没有长期固定不变地使用的某种读书法。我年轻时也曾考虑过读书方法问题。记得有一天我在读某杂志中的某篇文章时，读到文中引用的朱熹的"读多自然晓"一语。不知何因，这几个字立刻印入我的脑海中，此后如同报更钟声时时提醒我多读。可以说，"读多自然晓"一语早已成为我读书生涯中的事实上的"座右铭"。故此，我往往自谓我的读书方法是"读多便晓"法。当然，我知道，从逻辑上说，"读多便晓"根本就不是什么"方法"。

不过，我确实有一种长年保持不变的读书习惯——无论读什么书，都细细品读，在理解文本之义的同时，努力读出联想之义或文外之义。这种读书过程，亦可称为"看着书里，想着书外"之法。这个文本之义(书里)和联想之义(书外)加起来,就是我的读书收获。我的这种读书习惯,如果把它转换成读书方法,或许可以将其称为"涵泳自得法"。这种读书方法,既不是别人告诉我的,更不是我自己突发奇想或冥思苦想创制出来的,而是在长期的读书实践中逐步感觉到这种方法很适合我,于是自然而然地成了我一以贯之的读书方法。用诺贝尔经济学奖获得者哈耶克的话来说,我的这种读书方法的形成过程是一种"自发秩序"或"非意图秩序"的形成过程。起初,我不知道这种方法应该如何称谓,准确地说我根本没有考虑给这种方法起什么名称。后来,我读到《礼记·学记》以及二程、朱熹、王阳明、黄宗羲、王夫之、曾国藩等人的相关论述之后,我才知道这种方法可以叫作"涵泳自得法"。也就是说,我是先有此法之实践,后有此法之冠名。

所谓"涵泳自得",意即通过涵泳而自得。涵泳是自得的过程,自得是涵泳的结果。朱子读书六法中有"虚心涵泳"一法。涵泳自得法中的"涵泳"一词,即取朱子所言"涵泳"之义。

何谓涵泳?对此曾国藩曾有鞭辟入里的解释:

> 涵泳二字,最不易识。余尝以意测之曰:涵者,如春雨之润花,如清渠之溉稻。雨之润花,过小则难透,过大则离披,适中则涵濡而滋液。清渠之溉稻,过小则枯槁,过多则伤涝,适中则涵养而浡兴。泳者,如鱼之游水,如人之濯足。程子谓鱼跃于渊,活泼泼地;庄子言濠梁观鱼,安知非乐?此鱼水之快也。左太冲有"濯足万里流"之句,苏子瞻有夜卧濯足诗、有浴罢诗,亦人性乐水者之一快也。善读书者,须视书如水,而视此心如花、如稻、如鱼、如濯足,则

涵泳二字,庶可得之于意言之表。

曾国藩的解释可谓入木三分、详细贴切。其实,对读书治学而言,所谓涵泳,就是指在自由无拘的心境下对书中之意慢慢咀嚼思考的过程。也就是说,细细品读、深思领悟的过程就是涵泳。

"自得"一词首见于《孟子》。孟子说"君子深造之以道,欲其自得之也;自得之,则居之安;居之安,则资之深;资之深,则取之左右逢其原;故君子欲其自得之也"。可见,"深造"是"自得"的前提。也就是说,经过自己的潜心思考后,形成"默识心通"的自我理解或领悟,这个过程就是"自得"的过程。朱熹在《孟子集注》中解释"自得"为"得之于己"。用哲学语言说,自得是一种主体性、个体性的自我认知的过程与结果,是无外在干扰和授意下的自思自悟的过程与结果。用解释学语言说,自得是自我理解的产物,"我有我的理解""我的理解我做主"就是自得的表现;即使跟别人的理解一样,那也是我自己理解的结果,而非人云亦云的结果;如果能有与众不同的独特理解(联想之义或文外之义),那就更能显出自得的独创价值。强调自得的重要性,主要是针对这种具有独创价值的自得而言的。显然,我们的读书学习,如果能够经常获得具有独创价值的自得结果,便是读书的最大收获所在。

我们都知道,朱子有读书六法。其实,朱子的六法完全可以概括为涵泳自得法,尤其是其中的"熟读精思""虚心涵泳""切己体察"三条,更是可以视为涵泳自得的具体表现。其他人所说的读书法如"读书须有疑""学思结合法""读书出入法"等等,都可纳入涵泳自得法的应有之义之中。可以说,涵泳自得法是一种内涵广泛的综合性读书法。

理解涵泳自得法的要义,可从"读书须先涵泳"和"读书须有自得"两方面去理解。

读书须先涵泳。读书要涵泳,即要细细品读。只有细细品读,才能真正读出文义之要,才能读出味道;有了这种味道,读书就不会显得枯燥乏味,就能切身感受到有滋有味的快乐读书之趣。我们应该说"书香"是品出来的,而不是闻出来的,因为书之味本不香(纸张油墨之味本不香)。其实,"书香"是人的心理感受,是读书时感受出来的如闻香气般的愉悦之情。清人袁枚《遗怀杂诗》所云"书味在胸中,甘于饮陈酒"是也。品出书香的过程就是涵泳。试想,如果没有涵泳而来的书香,读书者何以进入"废寝忘食"之境?

从微观上说,细细品读要求逐字逐句地理解文义;从宏观上说,细细品读不仅要高屋建瓴地把握整章整书之义,又要把此书之义与已读的他书之义联系起来形成整体的认知网络。在此过程中,我们的知识结构得以逐步丰富,我们的认知水平得以逐步提升。显然,这是一种慢功夫,急不得。陆九渊曾告诫学生说"读书切戒在慌忙,涵泳工夫兴味长",就是告诫学生读书须下慢功夫,勿生急迫情绪。

涵泳读书法,亦可称为精读法;精读是针对速读和略读而言的。众所周知,速读和略读各有其适用之域。阅读消息性、消遣性读物,采用速读法或略读法当然未尝不可;而阅读义理性、学术性读物,则非精读或细细品读不可。这就是"不同的读物有不同的读法"的道理所在。

有的人拿诸葛亮的"观其大略"读书法来证明"略读"的合理性,并将其扩大为普泛的读书法。其实,这是一种误识。第一,诸葛亮读书绝不是从小自始至终地"观其大略"(史籍中未曾有这样的记载),反而肯定是先有较长时间的精读的经历,等到他积累相当的知识量并达到相当的认知能力之后,方能达至"观其大略"亦能知其义的程度。第二,作为读书方法的"观其大略",绝非指不认真细读,只是不死抠一字一句,不因小失大,以整体的、俯瞰的视野把握局部及其细微之义。第三,"观其大略"法只能适用于像诸葛亮那样达到相当高的知识与认知水平的人,而绝不适用于初学者,尤其不适用于年轻学者,所以我们绝不能盲目崇尚"观其大略"法,以免"东施效颦"。

还有一些人拿陶渊明说的"不求甚解"一语来证明"速读""泛读""略读"的合理性,进而反对精读深思。其实,这也是一种误识。陶渊明的原话是这样说的:"(自己)好读书,不求甚解,每有会意,便欣然忘食。"很多人断章取义,只看到前面两句话,而忽略了后面两句话。其实,陶渊明的这段话的重心正在"每有会意,便欣然忘食"上,即抒发他读书"每有会意"时的欣然情趣,而"每有会意"必然是涵泳品读的结果,绝不是"不求甚解"的结果。我们要知道,陶渊明这里所言"不求甚解",有其特定历史背景及其特指。陶渊明是东晋人,有着很浓的"魏晋风骨"情结,因而也是汉代烦琐经学的反叛者。陶渊明对汉儒"一经之说至百余万言",释"尧典"二字十余万言,释"曰若稽古"三万言等烦琐经学甚为不满,于是他对阅读此类书籍采取了"不求甚解"的超脱策略,这才是其言"不求甚解"的特指含义所在。也就是说,陶渊明所言"不求甚解",是一种学术态度,而不是读书方法。今人把"不求甚解"当作一种读书方法,是"风马牛不相及"的天大笑话!

读书须有自得。从自得的意义上说,读书的目的就是为了获得自得的效果。从根本上说,读书的主体是个人。读书是一种主体性、个人性、主观性很强的理解活动。读书自得,强调的就是自我理解、自我提升的主观能动性。在他人的强制、诱导、干扰下形成的理解,都不属于"自得"范畴。也就是说,只有自由地、自主地、自愿地进行阅读活动而形成的理解,才是"自得"——"得之于己"。

王阳明曾说读书"也要点化,但不如自家解化,自一了百当"。对读书学习而言,"点化"是必要的(如老师的讲解、他人的提示或提醒等),但"自家解化"更重要,因为只有通过这种"依自不依他"(章太炎语)和"以己为中枢"(鲁迅语)的自我体悟途径所得到的东西才是真正"属我"的东西,才是"一了百当"而为我所能用的东西;而王阳明所言"自家解化",就是自得的表现。

关于读书自得的意义,黄宗羲有一段话说得很透彻,其云:"或问:如何学可谓之有得?曰:大凡学问,闻之知之皆不为得,得者须默识心通。学者欲有所得,须是笃,诚意烛理。……学莫贵于自得,非在外也,故曰自得。"黄宗羲的这一段话,至少有三点值得我们注意:第一,"闻之知之"都不算自得,只有"默识心通"才算自得,即感官感知者不算自得,只有达到心领神会者才算自得;第二,自得以"笃""诚"为意志基础,即必须要有心无旁骛的涵泳深思,才能达致自得的境界;第三,自得是一种内心深处的自我领悟,是他人无法感受、无法替代的个体主观性把握,故谓"非在外也"。

"学莫贵于自得",读书须追求自得的效果与境界。有的人读书很多,但大多只是处于记诵状态,书云亦云,而很少自得。这样的所谓读书,其实是"读字",而非"读意"(读解意义),更非"创意"(读出文外新意)。如此读书者只能算是"书橱"或"书奴",而非"书主",诚如二程所言"苟不自得,则尽治五经,亦是空言"。读书能自得,才能"自拔",即读出自得之意才能走出书册牢笼而获得"日读日生"的自由自觉境界。读书成为"书橱"或"书奴"的人,其实就是"书呆子"——把自己丢在书中,失却自我而不能自拔的人。由此而言,陶行知先生当年所嘲讽的"读死书,死读书,读书死"的现象,其实就是由于缺乏自得意识及其能力所致。

读书自得,还有一个前提,那就是独立思考精神。大体而言,独立思考与读书自得之间具有正相关关系:越是独立思考,越容易产生自得的效果,反之亦反。关于这一点,英国女作家弗吉尼亚·伍尔芙说的下面一段话,也许能给我们很好的启发:

> 作为一个读者,独立性是最重要的品质。因为,对于书,谁又能制定出什么规律来呢?滑铁卢战役是哪一天打起来的——这种事当然会有肯定的回答;但是要说《哈姆雷特》是不是比《李尔王》更好,那就谁也说不准了——对这样的问题,我们每个人都只能自己拿主意。如果把那些衣冠楚楚的权威学者请进图书馆,让他们来告诉我们该读什么书,或者我们所读的书究竟有何价值,那就等于在摧毁自由精神,而自由精神恰恰是书之圣殿里的生命所在。我们在其他地方或许会有常规和惯例可循——唯有在这里,我们绝不能受常规和惯例的束缚。

写到这里,我不得不结合现实来谈论现代中国年轻人的读书状态。现代的年轻人,有多少是在进行自得性读书?有多少教师和学生懂得自得性读书的重要性?比如说,讲述一篇文章,老师把文章的作者简历、写作背景、篇章结构、修辞手法、中心思想都一一讲解,甚至把习题和考试的标准答案也予以指定,在这种老师包教一切的情况下,学生有多少进行自得性理解(独立思考)的余地?张载说

"人之有受,由内外之合也",叶适说"古人未有不内外交相成而至于圣贤",老师包教一切,违背了"内外之合""内外交相成"的道理,即造成了只有"外授"而无"内化"(自得)的内外分离局面。试问:这种包教一切的教学方法,难道不就是"越俎代庖"吗?这种内外分离的教学方法,是在培养有自得能力(创新能力)的学生,还是在培养"书橱"式的学生?至此,我不由得想起了朱熹对其弟子说的一段话:

> 事事都用你自去理会,自去体察,自去涵养。书用你自去读,道理用你自去究索,某只是做得个引路底人,做得个证明底人,有疑难处,同商量而已。

这里朱熹说得很清楚,在学与教的关系上,教师只是"引路的人""证明的人""同商量的人",而不是诱导、干涉、代替学生理解文义的人。可见,朱熹是一个懂得"学生为主体,教师为引导"之教育理念的人。王夫之指出"教在我,而自得在彼",自得的主体是学生,老师(教者)不能代替学生自得,而应鼓励学生自得。不过,我又不得不进一步追问:现代中国的学生们(包括小学生、中学生乃至大学生、研究生们)有"自去理会,自去体察,自去涵养"的能力吗?现实告诉我们,大多数学生并不具备这样的能力。问题出在哪里?如何改变这种局面?对此,我们的社会管理者、教育界的人们乃至家长和学生自己,应予理性的、严肃的反思和深思。

谈"没时间读书"

毋庸置疑,现代的人们,几乎没有反对读书的。可以说,现代社会的绝大部分人都知道读书或多读书的价值意义,因而绝大部分人都想读书或多读书。然而,在现实生活中,真正潜心读书的人并不多,尤其是已经离开学校的人们,真正潜心读书的人就更少。如果你问这些人为何不读书或为何不多读书的原因,他们几乎都有一个共同的理由:没时间。

在普通人的心目中,往往认为那些硕士、博士毕业的人肯定以读书、著书为主业,其日常生活也肯定与书为伴。殊不知,在现实中,毕业后仍然与书为伴、读书不辍的硕士、博士之人并不多。那么,那些硕士、博士毕业之人平时都忙什么?很多人(不全部)忙于上班、忙于家务、忙于交际、忙于旅游,甚至忙于炒股、忙于钓鱼、忙于保健……反正把读书学问之事早已忘之脑后。

为拿学位证书而读硕士、博士,这恐怕是如今很多攻读硕士、博士学位的人的真实心理动机所在。对这样的人而言,"为中华之崛起而读书""爱国不忘读书,读书不忘爱国"之志向,成了在别人面前炫耀自己是"正人君子"的骗人语术。曾几何时,本应标志学问之深广的硕士、博士学位,竟然成了"谋稻粱""钻营私利"的"敲门砖"。面对这种被异化为"敲门砖"的考博现象,北京大学的陈平原教授调侃说:

> 中国的学历高消费,让人哭笑不得。如果有一天,连学校里看大门的,也都有了博士学位,那绝不是中国人的骄傲。眼看着很多年轻人盲目考博,我心里凉了半截,我当然晓得,都是找工作给逼的。这你就很容易明白,很多皓首穷经的博士生,一踏出校门,就再也不亲近书本了。……今日中国,博士吃香,但"读书人"落寞。所谓"手不释卷",变得很不时宜了。至于你说读书能"脱俗",人家不稀罕;不只不忌讳"俗气",还以俗为雅,甚至还以"我是流氓我怕谁"来解嘲。

对毕业后不再想读书的人而言,毕业之前的读书,就是为了从枯燥的读书之"围城"中解放出来;一旦取得硕士、博士学位,立刻感到"终于等到解放之日"的自由与释然,于是立马与读书时光"拜拜"。孟子说"学问之道无他,求其放心而已"。取得高学历高学位后不再想读书的人,其实就是"放心"——把读书之心"放"出去了,且恨不得放而无回。如此"放心"之人,你给他再多的时间,也不会用于读书。清人张伯行著《困学录集粹》中有这样一段话:"朱子曰:'学者难得,都不肯自去著力读书。某登科后,(还)要读书,被人横截直截,某只是不管,一直自读;顾文蔚曰:且如公有鞭策,毕竟是自要读书,今人谓中进士后书即读完了,可叹'。"原来,古代也有"中进士后书即读完了"的现象,不过,当时的人们对这种现象是持"可叹"态度的。如今这种现象仍然普遍存在,难道不可叹吗?

凡是以没时间为理由不读书的人,总是言之凿凿地举出很多自己如何忙的事例来证明自己确实"没时间"。我们都知道,在现实生活中,我们都是忙人,没有谁是"吃闲饭"的。如果我们都以"忙"为由,都不去读书,那么我们何以铸就读书人生,何以谈论全民阅读?

我们分析一下"忙"字。"忙"由"心"和"亡"构成;心亡就会寂寞,寂寞就想用其他事补其所亡,这种用其他事补其所亡的过程就会显得"忙"。何谓心亡?无心即心亡。如果一个人无心于读书,即不想把时间用于读书上,那么这个人的读书时间便"亡"了;人都是不甘寂寞的,因而不忙于读书,就会忙于做他事,而忙于做他事,读书时间便"亡"了。

众所周知,自然的、客观的时间,对谁都一样,如对任何人每天都是 24 小时,不长不短,这是绝对的。但是,我们要知道,时间还有一个相对时间或主观时间问题——如果一个人把某一天用于读书,那么这一天就是以读书为内容的时间;如果另一个人把同一天用于玩乐,那么这一天就是以玩乐为内容的时间。同样的时间,对不同的人具有不同的内容、价值和意义,这就是时间的相对性。

爱因斯坦的相对论,就包括对时间相对性的证明。所以,有一次爱因斯坦对相对论原理做了如下解释:

> 如果你在一个漂亮的姑娘旁边坐了 2 个小时,就会觉得只过了 1 分钟;而你若在一个火炉旁边坐着,即使只坐 1 分钟,也会感觉到已过了 2 小时。

相对时间或主观时间原理告诉我们,时间都是"我的",我的时间我做主;有时间与没时间,都取决于自己如何"做主"。时间是个

"筐",而且是世界上最大的"筐",你往它那里装什么,完全取决于你自己想装什么。

也许有人说,我想往时间筐里装某种"东西"(如读书),但有时客观环境条件不允许。其实这仍然是一种托词,因为第一次装不进去,可以第二次装、第三次装……如果始终装不进去,那只能说明你自己不想装这种"东西",或者说明你自己的心态未定、立志不坚。

维特根斯坦说"语言的意义在于使用"。我想说:时间的价值在于使用。关键是使用时间干什么。把时间用于"干正事儿"和把时间用于"不干正事儿",其时间价值是迥然不同的。

我又想说,读书不是时间问题,而是心态与志向问题。一个立志想读书的人,总是能够找出时间用于读书。

读书必然要占用时间。凡是立志读书的人,大多都是自己创造条件、挤出时间来读书的。古今中外这方面的故实很多,这里仅举一例。据《南史·江泌传》载,江泌少时家庭贫寒,白天以做鞋垫、卖鞋垫为生,夜晚则借月光读书。当月光移至屋顶,便爬到屋顶继续照读。有时困倦打盹,从屋顶跌落到地上,便重新登爬屋顶继续阅读。这就是江泌"映月读书"的故实。现代人阅读当然不必借月光,因为灯光随处有,然而,有几人真正从内心里愿意在灯光下伏案静读?在灯火辉煌的今天,"回到灯光下读书"仍然是一种"奢望"。江泌若活到现在,对此将有何感慨?

据史籍记载,曹操"虽在军旅之中仍手不释卷",赵匡胤亦"虽在军中,手不释卷",曾国藩在军营中仍然坚持读书、写奏疏、写家书。我们也知道,毛泽东在战争年代尤其在长征途中和延安窑洞中仍然读书、著文、写诗词不断;新中国成立后,毛泽东到全国各地视察,亦不忘随行携带书籍,在专列上、住地卧榻中读书不断。这种军旅人生、革命人生与读书人生可以合一的事实表明,读书可以无时不读、无处不读。今人常以环境条件差、没时间为由而不读书,其辞难立,可以休矣!

我们都知道,世上的商人都很忙,但是,真正成功的商人大多是爱读书、勤读书的人。钢铁大王卡内基,在少年时期经常到同镇的安德逊上校家中借阅图书,他认为这一读书经历为他日后的成功打下了坚实的基础。于是,当他积累了巨额财富之后,便开始了捐建图书馆的慈善之举,在世界各英语语系国家共捐建了2811座图书馆。捐建图书馆,当然是为了让更多的人读书。卡内基对自己捐建图书馆的动机做了如下解释:

> 毫无疑问,我自己的个人经历或许已经使我相对于其它慈善行为来说,更加重视一所免费的图书馆。当我还是匹兹堡的一名童工时,阿勒格尼的安德逊上校——一个我从来未能不带虔诚感激的心情说出的名字——向孩子们开放他那间拥有四百册图书的小型图书馆。……正是在陶醉于他开放给我们的那些宝藏时,我下定决心,如果哪一天我有钱了,这些钱一定要用来建立免费图书馆,使其他贫穷的孩子也能获得和我们从那个高尚的人那里接受的恩惠一样的机会。

善哉,善哉,卡内基的上述话委实感人至极!试想,如果卡内基自己也认同人们都"没时间读书"的话,那么他还能如此真诚地拿出巨额财富捐建图书馆吗?

股神沃伦·巴菲特,平均每天拿出五六个小时读书,而且他将自己的成功归因于读书。对此,他的合伙人查理·芒格评价说:"我这辈子遇到的来自各行各业的聪明人,没有一个不每天阅读的——没有,一个都没有。而沃伦读书之多,可能会让你感到吃惊,他是一本长了两条腿的书。"

真正成功的商人,并不是"金钱迷""赚钱狂",反而大多是"读书迷""读书狂"。商人尚且能够挤时间读书,我们作为非商人还好意思以"没时间"为由而不读书吗?

当然,时间需要挤,不挤出不来,这就需要懂得一点时间管理法。在此,我想介绍一下"时间管理四象限法"(如图所示)。

时间管理四象限图示

此法根据"不同时间安排不同事情"之原理,把事情分为四种类型（在坐标图中表现为四个象限），分别是：第一象限为"重要且紧急的事情"，第二象限为"重要但不紧急的事情"，第三象限为"不重要但紧急的事情"，第四象限为"不重要也不紧急的事情"。

第一象限中的事情，属于"救火型"的事情，需要优先处理，不能拖延。如去医院看病、完成紧急工作任务、应征公共突发事件等。一般情况下，处理此类事情，可占人生20%~30%的时间。

第二象限中的事情，属于"要务型"的事情，大部分是人生中的重要事情，如读书、教书育人、著书立说、产品研发、调查研究、履行职责、公益志愿活动、陪伴家人等。此类事情看似不紧急，但却很重要。一般情况下，处理此类事情，可占人生50%~60%的时间。

第三象限中的事情，属于"应对型"的事情，它们是时间的陷阱，无形中占去时间，如陪伴"未请自到"的往日同事、赶赴应酬、代人办事等。一般情况下，处理此类事情，可占人生10%~20%的时间。

第四象限中的事情，属于"悠闲型"或"琐碎型"的事情，它们是时间的杀手，极其浪费时间，如打麻将、钓鱼、追剧、玩游戏、业余炒股、闲逛市场、家庭琐事等。此类事情所占用的时间，有的人很多，有的人很少，不一而论。

上述四象限事情分类，不是绝对的，每个人可以根据自己的实际情况有所变化；其中第一象限中的事情，不可不占用相应的时间，第三、第四象限中的事情，应尽量减少其所占时间，而第二象限中的事情，我们应该尽量保证其所占时间；再者，上述各象限所占时间百分比，也不是绝对的，可以因人、因时而异。

上述时间管理四象限法，应该说有其科学性，但不一定具有实用性。能否具有实用性，亦因人而异。我在这里介绍给你，若对你有所启发，那就够了。

我喜爱的书

我看过一些名人所列的自己喜爱的书的名单（书目），所列之书大多为中外名著。国学大师季羡林先生曾写过《我最喜爱的书》一文，文中所列十类书是：司马迁的《史记》、《世说新语》、陶渊明的诗、李白的诗、杜甫的诗、南唐后主李煜的词、苏轼的诗文词、纳兰性德的词、吴敬梓的《儒林外史》、曹雪芹的《红楼梦》。

我是一个在贫苦农民家庭出生的人，青少年时期是在"文革"中长大的，家中无知识分子，也无藏书。也就是说，我不是在"书香之家"出生和长大的。此故，在初中毕业之前，像季羡林先生所列的那些书，我闻所未闻、见所未见。不过，有一部书例外，那就是《三国演义》（季先生未列此书）。

在我读小学四年级时，家中长兄（比我长八岁）不知从何处借来《三国演义》一书，在家中阅读。当长兄白天下地干农活时，我无意中顺手拿起此书看，不看便罢，一看便入了迷。说实话，那时我连"三国"的历史背景都不清楚，只是被书中的故事情节深深迷恋。从那以后，我便见书就读，读便入迷。这就是我读书生涯的开始。

有一首歌词中说"爱拼才能赢"，我想说"爱读书才能赢"。我的求学之路,就是在"我要读书"的欲望下坚持未辍的。

　　谈到我喜爱的书,当然首选《三国演义》,因为它是我读书生涯的入门书。后来我读的书又多又杂,很难挑选出所谓"最喜爱的书",甚至可以说,我所读过的书我都喜爱,因为我不喜爱的书我不读。

　　——我喜欢先秦经典,因为从中可以解读出中国文化博大精深的"基因图谱"。

　　——我喜欢《老子》,因为从中可以领悟到"反者道之动"的辩证法。

　　——我喜欢《庄子》,因为从中可以感受到不拘一格的自然哲学之美。

　　——我喜欢《史记》,因为从中可以领略到"究天人之际"的高超与优美叙事。

　　——我喜爱陶渊明的诗,因为从中可以领略到田园自然主义的恬淡。

　　——我喜欢《文选》,因为从中可以感受到中国古人的高超的艺术表现力。

　　——我喜爱李白的诗,因为从中可以领略到"斗酒诗百篇"的浪漫主义情怀。

　　——我喜爱杜甫的诗,因为从中可以感受到现实主义的悲情万种。

　　——我喜爱韩愈的文章,因为从中可以领略到大唐儒家风范和流畅的文字表述。

　　——我喜爱苏轼的词,因为从中可以感受到"大江东去"的奔腾与狂浪之势。

——我喜欢程朱理学之作,因为从中可以感悟到儒学巅峰时期的哲理之思。

——我喜欢王阳明的著述,因为从中可以解读出良知之道和致良知之功。

——我喜欢曾国藩的家书,因为从中可以学到博学与慈爱的做人之道。

——我喜欢梁启超的文章,因为从中可以感受到一位开明人士的激昂与悲愤。

——我喜欢钱穆的书,因为从中可以了解到许多中国历史的得与失。

——我喜欢陈寅恪的著作,因为从中可以领悟到"自由与独立"的学者风骨。

——我喜欢毛泽东的诗词,因为从中可以领略"指点江山"的高远与大手笔。

……

当然,我也喜欢读外国的哲学、史学、文学、政治学、经济学、社会学、现象学、诠释学等方面的书籍。而且,我还痴迷般地喜欢"音符之书"——西方古典音乐,如贝多芬、莫扎特、大小施特劳斯、西贝柳斯等人的作品。

如果非问我最喜欢的是哪本书,我真的难以回答,因为只要能够启发我、充实我的书我都喜欢。不过,除了少年时所读的《三国演义》之外,长大后所读的书中,确实有一本书让我深爱有加。这本书就是赵鑫珊先生所写的《科学·艺术·哲学断想》。此书是一篇篇短文的合集,实际上是对科学、艺术、哲学问题所阐发的一篇篇哲理"断想"(随笔)。此书深入浅出、通俗易懂,且文字优美、妙趣横生,读后让我回味无穷。我现在仍然经常翻阅此书,可见我对此书是何等的情有独钟。此书之后,赵先生紧接着又推出《哲学与当代世界》一书,其性质、风格与《科学·艺术·哲学断想》相同,此书我也迫不及待、津津有味地通读几遍。苏轼当年初读《庄子》后,发出"吾昔有见,口未能言;今见是书,得吾心矣"的感叹,我读赵鑫珊的书之后亦如是感受。

也许,很多人都不知道赵鑫珊是何许人也,说明他不是蜚声海内外的大家、名人,但对我来说,赵鑫珊所写的上述两本书就是"经典"。这就是"经典在我心目中"的道理所在,如同"情人眼里出西施"的道理一样。

后来我又得知,人民教育出版社出版的高中语文课本中收录了赵鑫珊的《人是什么》一文,而此文正是《科学·艺术·哲学断想》中的一篇。此文能够收录于权威性的课本之中,其传播之广是不言而喻的,当然,作为其作者的赵鑫珊之名,也已被越来越多的人所熟悉。这说明,欣赏赵鑫珊之书之文的"情人"不独我一个。对此,我欣然窃喜。

自己的路自己走,自己的观点自己去主张,勿人云亦云、亦步亦趋。同理,自己决定自己喜欢的书,勿人云亦云、亦步亦趋。经典,并非大家、名人的专利;经典,是我们自己树立起来的。我们每个人都有选择和树立自己心目中的经典的权利。自己选定的经典,就是"我心目中的经典",就是主观意义上的经典。

把每个人选定的经典合起来,其交集大者,往往成为客观意义上的经典。这就是共性寓于个性之中、普遍性寓于特殊性之中的道理所在。因此,客观意义上的经典和主观意义上的经典,二者并行不悖。总之,"我"喜爱的书,就是经典。

谈阅读书目

阅读书目,也叫推荐书目,指告知或建议他人阅读的书名清单。我这里用了"告知"和"建议"两个词,这是从阅读书目的本义而言的。但我们知道,有的阅读书目的编制者不是从"告知""建议"角度立意的,而是从"必读"角度立意的,由此把阅读书目变成了必读书目。对这种做法,我基本上持反对态度。

有一种阅读书目,叫作"影响书目"。这类书目如《影响中国历史的三十本书》《影响历史进程的 100 本书》《影响中国的 100 本书》《影响世界的 100 本书》《塑造中华文明的 200 本书》《影响二十世纪中国的十种书》等等。至于这些书目所选之书,是否都恰当,我们暂且不论,但有一点是可以肯定的,即这些书目都旨在告知或建议人们阅读这些书。这就是我把影响书目归入阅读书目之中的根据所在。

我国作为阅读大国,有着悠久的阅读书目编制历史。据说在敦煌遗书中发现的被后人称为"唐末士子读书目"是我国最早的书目。明末人陆世仪在《思辨录》中开出一个阅读书目(简称陆目),该目对五至十五岁、十五岁至二十五岁、二十五岁至三十五岁年龄段的人分别列出阅读书目,依次分别称为"十年诵读""十年讲贯""十年涉猎"。陆目可以说是我国首部按读书人年龄段开列的"分龄读书目",虽然所录之书已不适用于今日,但其分龄开列的思路和方法值得今日编制阅读书目者借鉴。所以,有人曾经这样评价陆目的科学性:

> 这一张书目拿到现在来,自然有些不大适用。不过他所提示的三个大节,很可以作为我们现在读书的参考。现在学校教育,读书仅注重讲贯,而忽视诵读,更忽视涉猎。我觉得我们现在读书,诵读、讲贯、涉猎三者不可偏废,不过因年龄与程度的差别,可以偏重。这就是说,小学时期可偏重诵读,中学时期可偏重讲贯,大学时期可偏重涉猎。

其实,清末人张之洞所编《书目答问》,亦可视为阅读书目或推荐书目,因为该目在很多书名条目下加注推荐语,如"最当精读""可读""详读""宜浏览"等。《书目答问》分经、史、子、集、丛书五个部分分别选录,共收录2200余种。《书目答问》是民国前所编的规模最大的阅读书目。若考虑其较多的评价语和推荐语,将其称为"导读书目"可能更准确。

民国之后乃至新中国成立之后,各类阅读书目层出不穷,如胡适编的《实在的最低限度的书目》,梁启超编的《最低限度之必读书目》,顾颉刚编的《有志研究中国史的青年可备闲览书》,汪辟疆编的《十部中国国文源头书书目》,鲁迅编的《学习中国文学的书目》,以及《清华大学学生应读书目(人文部分)》《北京大学学生应读、选读书目》《中外名著排行榜》等等。

览读这些名目繁多的书目之后,我的感觉是,凡是称为《×××书目》者,不外乎就是把编者所认为的经典名著"收入囊中"而已。至于这些书目,能否真正起到指导人们阅读的效果,则是一个很难确定的事情。受到某种书目影响者,如梁启超当年赴京赶考未第之后,回程途中得阅《书目答问》,才知自己尚未阅读的书还有很多。不幸的是,这样的实例并不多,不具普遍性。当然,有的人可能实际受到某一阅读书目的影响而未提及。无论怎样,阅读书目的实际影响力是有限的。这就是悖论——书目是个好东西,但实际受用其好的人并不多。

为什么出现上述悖论?我现在能想到的可能原因是:在现实生活中,人们一般是以个人的兴趣和专业需求为标准来选择相关书籍,而不是按照某种书目的指引来选择书籍;即使是人们按照个人的兴趣和专业需求来选择相关书籍遇到困难或不如意时,首先想到的是通过"试错"来加以校正,也不会想到借助某种阅读书目来解决书籍选择的困境。所谓按照个人的兴趣和专业需求来选择相关书籍,其实是一种心理定势或习惯。所以,上述悖论说明的是:习惯往往战胜科学。

对于阅读书目的编制,我还有一个疑问:如果我们所编制的阅读书目,所收录的只是所谓的经典名著,那么,那些非经典名著难道就不可读或者是可读可不读吗?对很多普通人而言,终生所读的书籍,大概非经典名著居多,这说明了什么?

对于阅读书目的编制,我有一个看法:编制阅读书目要慎之又慎,编制阅读书目绝不等于经典名著的罗列。一种科学的、精制的阅读书目可以起到"指导阅读"的作用,反之,很可能起到"误导阅读"的作用,岂容不慎哉?

谈全民阅读

衡量一个国家人民的文化素养如何,国民阅读率是一个重要的指标。

2021年,我国国民人均纸质图书阅读量为4.56本,比2020年的4.77本下降了0.21本;报纸和期刊阅读量分别为65.03期(份)和6.07期(份),电子书阅读量为3.22本。可见,我国目前的年人均图书阅读量过少,不能不令人隐忧。

2016年,以色列犹太人有637万,加上散居世界各地的犹太人共约1600万,占世界总人口不到0.25%,但犹太人却获得了27%的诺贝尔奖及其他知名奖项,诺贝尔奖获得率是全球平均水平的108倍,出现了马克思、爱因斯坦、弗洛伊德、贝多芬、毕加索、海涅等大师。如今以犹太民族为主体的以色列,虽国小人少,土地贫瘠,资源匮乏,但科技文化发达,民族团结,国力强劲,被称为"小小超级大国"。

德国人也是以科技文化素养高而著称于世。德国人口只占世界总人口的1.2%,却出版了占全世界12%的德语书;德国每1.7万人口就有一家书店,首都柏林每1万人有一家书店;全国有91%的人每年至少读过一本书,其中23%的人年阅读量在9~18本,25%的人年阅读量超过18本。

为了倡导人人阅读,联合国教科文组织(UNESCO)从1996年起,把每年的4月23日定为"世界读书日"(或译世界图书日、世界书香日)。此读书日源于中世纪西班牙加泰罗尼亚地区民间供奉图书的风俗。每年的4月23日,在加泰罗尼亚到处可以见到男士手中拿着女友赠送的书籍,女子手捧男友赠送的玫瑰花,携手漫步在飘逸着书香和花香的街头。之所以选择这一天,是因为这一天是西班牙加泰罗尼亚地区守护神圣·乔治(S. George)的复活日,更重要的是,这一天也是莎士比亚(W. Shakespeare)、塞万提斯(Cervantes)、维加(Vegay)三位大文豪逝世的纪念日。

1970年,UNESCO第16届大会决定把1972年确定为"国际图书年",口号为"全民读书"(Books for All),目的在于倡导人们养成阅读的良好习惯,朝着"阅读社会"方向迈进。1982年6月,UNESCO在伦敦举行世界图书大会,会上推出"20世纪80年代的目标:走向阅读社会"活动项目。1997年3月5日,UNESCO总干事和埃及文化部长签署了关于发起国际"全民阅读"(Reading for All)活动的备忘录;同年7月,第一届国际全民阅读专门委员会召开会议,向国际社会发出全面深入开展阅读推广活动的号召,由此"全民阅读"概念流行全球。

在我国,1997年,中宣部、原国家新闻出版总署等九个部门联合印发《关于在全国组织实施"知识工程"的通知》,首次提出"倡导全民阅读,建设阅读社会"的倡议。2015年,深圳率先出台《深圳经济特区全民阅读促进条例》(2019年修订);如今国内已有越来越多的省、市、县(区)制定本区域的促进阅读政策或法规,设立自己的阅读活动项目或品牌,定期或不定期开展全民阅读活动。这些举措都表明,我国已进入全面建设全民阅读社会的快车道。

中华民族原本就是热爱读书、热爱学习的民族。"玉不琢,不成器;人不学,不知道";"遗子黄金满籯,不如一经"等说法,就足以证明中国人对读书学习的热爱。"孟母三迁""悬梁刺股""凿壁偷光""目不窥园""董遇三余""积雪囊萤""牧羊读书"等典故,更是颂扬了中国人孜孜不倦、锲而不舍的刻苦读书精神。宋人黄庭坚的"三日不读书,面目可憎"之言,则表现了中国古人"不读书则可耻"的耻感心态。

中国古代四大发明中,纸和印刷术,就是为满足书籍的制作和读书的方便之需要而发明的;中国古籍及其保存数量世界首屈一指。这表明,中国作为文明古国、中华民族作为热爱读书的民族当之无愧。

然而,我要质问的是:中华民族如此优良的读书文化传统,如今的中国人传承了多少？发扬了多少？我们如今的每个中国人,都应该扪心自问:我是热爱读书的人吗？我一生读了几本书？我曾感到"三日不读书,面目可憎"了吗？我在耻笑别人"书呆子"的同时,我自己是否成了"书盲"？我自己不爱读书,何以要求子孙后代热爱读书？在倡导全民阅读的当今时代,我是其中热爱读书的一分子吗？

人人阅读,才是全民阅读。阅读,不仅是一种个人的兴趣爱好,它还是一种个人应尽的社会责任——为子孙后代负责,为民族复兴负责,为国家振兴负责!

我在等待:我国国民的年人均阅读量,升到世界前列的那一天,我要充满信心地等待下去。当然,只是等待不行,要积极行动。从国家层面说,要为全民阅读立法,把促进全民阅读纳入各级政府的责任清单之中;从社会层面说,要倡导人人阅读,树立阅读光荣的良好风气;从个人层面说,要从小养成读书习惯,确立"读书不忘报国,报国不忘读书"的志向,以"我读书,故我在"的精神把读书进行到底,以此铸就读书人生。

谈读书的乐趣

读书要有"旨",也要有"趣"。如果说"读以明道"是读书学习之旨,那么"以读为乐"则是读书学习之趣。孔子言"知之者不如好之者,好之者不如乐之者"。知道"读以明道"为读书学习之旨的人,可称为"知之者";对读书学习感兴趣的人,可称为"好之者";从内心里"以读为乐"的人,则可称为"乐之者"。可见,读书学习是有旨有趣的事情。

孟子言"乐则生矣",中国古人深明此理。求乐或以乐为生甚至以苦为乐,是儒家和道家共同追求的人生目标。李泽厚认为,中国古代文化的特征之一是"乐感文化"。"乐感文化"不仅造就了中国古人安贫乐道的道德理性精神,而且还由此塑造出了中国文人的读书为乐、以学为乐的治学精神。陶渊明有诗云:

孟夏草木长,绕屋树扶疏。众鸟欣有托,吾亦爱吾庐。既耕亦已种,时还读我书。穷巷隔深辙,颇回故人车。欢然酌春酒,摘我园中蔬。微雨从东来,好风与之俱。泛览周王传,流观山海图。俯仰终宇宙,不乐复何如?

这是一首田园读书诗,在草、树、鸟、风、雨和耕、庐、酒、蔬构成的自然田园中"读我书""泛览周王传",悠哉悠哉,其乐无穷。这种毫无外在压力和诱惑即毫无功利取向的读书,已经完全融入到自然和生活之中,其自由自在境界,令人向往。

说到田园读书诗,我们又自然想起宋末翁森的《四时读书乐》。这是一首组诗,分春、夏、秋、冬四阕,结合四季风景描写读书之乐心情。

春

山光拂槛水绕廊,舞雩归咏春风香。
好鸟枝头亦朋友,落花水面皆文章。
蹉跎莫遣韶光老,人生唯有读书好。
读书之乐乐何如?绿满窗前草不除。

夏

修竹压檐桑四围,小斋幽敞明朱晖。
昼长吟罢蝉鸣树,夜深烬落萤入帏。
北窗高卧羲皇侣,只因素稔读书趣。
读书之乐乐无穷,瑶琴一曲来薰风。

秋

昨夜前庭叶有声,篱豆花开蟋蟀鸣。
不觉商意满林薄,萧然万籁涵虚清。
近床赖有短檠在,对此读书功更倍。
读书之乐乐陶陶,起弄明月霜天高。

冬

木落水尽千岩枯,迥然吾亦见真吾。

坐对韦编灯动壁,高歌夜半雪压庐。

地炉茶鼎烹活火,四壁图书中有我。

读书之乐何处寻?数点梅花天地心。

翁森的这首诗,把自然景观和人文景观巧妙融合,表达出了人与景和谐相融的极致之美,同时也表达出了读书之乐无时不在、无处不在的道理。一年四季,各有各的时景,然而,如果缺少了人的读书形影在其中,那么,这种时景只是一种客观的"自在",索然无味。

如果说陶渊明的田园读书、翁森的四季读书只能是一种理想情境,那么欧阳修则把现实中的伏案读书和思索过程完全当作独享的快乐感受。欧阳修有一首自传体长篇诗《读书》,现节录两段:

吾生本寒儒,老尚把书卷。眼力虽已疲,心意殊未倦。正经首唐虞,伪说起秦汉。篇章异句读,解诂及笺传。是非自相攻,去取在勇断。初如两军交,乘胜方酣战。当其旗鼓催,不觉人马汗。至哉天下乐,终日在几案。

古人重温故,官事幸有间。乃知读书勤,其乐固无限。少而干禄利,老用忘忧患。……纷华暂时好,俯仰浮云散。淡泊味愈长,始终殊不变。

前一段主要描写自己至老手不释卷,在章句、解诂、笺传过程中"去取勇断""不觉人马汗"的快乐感受;后一段描写利用官事间隙勤奋阅读古书忘却了利禄与忧患,以及淡泊之志不变所带来的"其乐无限"之情。其中的"至哉天下乐,终日在几案"一句,道出了"读书之乐乐无穷"的惬意心情。欧阳修的感受是现实的、实在的、发自内心的,可见,"读书本乐事"的超然境界,在欧阳修身上表现无遗。

王阳明的弟子、泰州学派的创始人王艮则把"读书本乐事"发挥到极致,干脆把学与乐等同起来,其《乐学歌》云:

> 人心本自乐,自将私欲缚。
> 私欲一萌时,良知还自觉。
> 一觉便消除,人心依旧乐。
> 乐是乐此学,学是学此乐。
> 不乐不是学,不学不是乐。
> 乐便然后学,学便然后乐。
> 乐是学,学是乐。
> 於乎,天下之乐,何如此学,天下之学,何如此乐。

毋庸置疑,王艮把学之乐提高到学之本体的高度了,亦即"乐是学,学是乐"!这当然是"以心为体"、排除一切心外之物的心学之乐,从中不难看出王艮皈依陆王"心即理"之思想理路。

特立独行的李贽(号卓吾)作《读书乐》诗云:

> 天生龙湖,以待卓吾。天生卓吾,乃在龙湖。龙湖卓吾,其乐何如。
> 四时读书,不知其余。读书伊何,会我者多。一与心会,自笑自歌。
> 歌吟不已,继以呼呵。恸哭呼呵,涕泗滂沱。歌匪无

因,书中有人。

　　我观其人,实获我心。哭匪无因,空潭无人。未见其人,实劳我心。

　　弃置莫读,束之高屋。怡性养神,辍歌送哭。何必读书,然后为乐。

　　乍闻此言,若惘不谷。束书不观,吾何以欢。怡性养神,正在此间。

　　世界何窄,方册何宽。千圣万贤,与公何冤。有身无家,有首无发。

　　死者是身,朽者是骨。此独不朽,愿与偕殁。倚啸丛中,声震林鹘。

　　歌哭相从,其乐无穷。寸阴可惜,曷敢从容。

显然,这首诗充分表达了李贽以读书为战斗、以文为枪械、以"声震林鹘"为快乐以及"天生龙湖,以待卓吾"的豪迈气概,这与王艮把学之乐囿于心内"自乐"的狭隘之乐完全有别。而且,李贽还说出了一些读书感受,如"读书伊何,会我者多""束书不观,吾何以欢""怡性养神,正在此间""世界何窄,方册何宽""此独不朽,愿与偕殁"等。

无论是陶渊明、翁森、欧阳修,还是王艮、李贽,在现实中像他们这样超脱或独行的人是不多的。对大部分人而言,以学为乐是从学有所得、学有进步的感受中体悟出来的。明人薛瑄说"致知格物,于读书得之者多",在读书中"得之者多",自然让人乐此不疲。苏辙有诗云:

> 人生不读书,空洞一无有。
> 羡君常斋居,散帙满前后。
> 开编试寻绎,阅岁行自富。
> 从横画图出,次第宫商奏。
> 汪洋畜江河,眇莽包林薮。
> 兴亡数千岁,络绎皆在口。
> 顾念今所知,颇觉前日陋。
> 我家亦多书,早岁尝窃叩。
> 晨耕挂牛角,夜烛借邻牖。
> 经年谢宾客,饥坐失昏昼。
> 堆胸稍蟠屈,落笔逢左右。
> 乐如听钧天,醉剧饮醇酎。
> 自从厌蓬苹,误逐功名诱。
> 初心一漂荡,旧学皆榛莠。
> 失足难遽回,抚卷长自诟。
> 封君无事年,谓可终身守。
> 春耕不厌深,秋获当自受。
> 金玉或为灾,诗书岂相负。

读书能够带来从"颇觉前日陋"到"落笔逢左右""秋获当自受"的效果,自然乐从中出。"金玉或为灾,诗书岂相负",表明金玉之乐不如诗书之乐。薛瑄充分意识到此乐之贵,故其云:"万金之富,不以易吾一日读书之乐也。外物之味,久则可厌;读书之味,愈久愈深,而不知厌也。"

读书之乐是万金换不来的,因为它是一种精神享乐,而不是物

质享乐;因为它是一种境界,而不是一种占有。最充分表达这种境界之乐、之美者,莫属刘禹锡的《陋室铭》:

> 山不在高,有仙则名。水不在深,有龙则灵。斯是陋室,惟吾德馨。苔痕上阶绿,草色入帘青。谈笑有鸿儒,往来无白丁。可以调素琴,阅金经。无丝竹之乱耳,无案牍之劳形。南阳诸葛庐,西蜀子云亭。孔子云:何陋之有?

陋室固然陋,但只要其中有读书之人,此陋室就能变成雅室,何陋之有?高雅之堂,若无读书之人,何雅之有?

有的人特别喜欢读某种书或某类书,此亦为读书之乐的应有之义。众所周知,金圣叹酷爱《水浒》,故其云:"天下之乐,第一莫若读书;读书之乐,第一莫若读《水浒》。"我们知道,《水浒》《西厢记》都曾被列为"禁书",但金圣叹偏偏喜欢读此类"才子书"。针对《西厢记》,金圣叹在《读第六才子书〈西厢记〉法》中云:"《西厢记》断断不是淫书,断断是妙文。……文者见之谓之文,淫者见之谓之淫耳。"这里金圣叹道出了现代诠释学所讲"有一千个观众就有一千个哈姆雷特"之喻。

其实,在史书所记和小说所描写的人物中,有不少人物的命运是悲惨的,所述"厚黑"现象是令人可怒的,但是只要记述有方、描写感人,读者就能产生共鸣,就能转怒为乐,所以清人张潮说"读书最乐,若读史书则喜少怒多,究之,怒处亦乐处也"。当然,这种"转怒为乐",是一种"世事洞明皆学问"的致知之乐,而非爱憎不明。

曾国藩曾把诗文趣味分为"诙诡之趣"和"闲适之趣"两类。对于具有闲适之趣的诗文,曾国藩认为韦应物、孟浩然、白居易、傅山之诗和柳宗元的游记之文"极闲适",而他自己尤其喜欢陶渊明的五言古诗、杜甫的五言律诗、陆游的七言绝句,且称读这些人的诗所得之乐"虽南面王不以易其乐也"。可见,曾国藩读书也是有其偏爱之趣的。

有的人喜欢读某些书达到"百读不厌"的程度,如清人顾天石云"惟《左传》,《楚辞》,马、班、杜、韩之诗文,及《水浒》《西厢》《还魂》等书,虽读百遍不厌"。"百读不厌",说明其乐无穷。这种偏爱之乐,其实人皆有之,只不过所偏内容和程度有所不同而已;只要这种偏爱之乐不至于"走火入魔""执迷不悟"的程度,即可视为正常的读书之乐。不过,在中国古人的思想观念中,这种偏爱之乐应该有所选择,即所偏之向在"正道"则可,反之则不可。对此薛瑄分析云:"岂独乐有雅郑邪?书亦有之。小学,四书,六经,濂、洛、关、闽诸圣贤之书,雅也,嗜者少矣,夫何故?以其味之澹也。百家小说、淫辞绮语、怪诞不经之书,郑也,莫不喜谈而乐道之,盖不待教督而好之者矣,夫何故?以其味之甘也。澹则人心平而天理存,甘则人心迷而人欲肆。是其得失之归,亦何异于乐之感人也哉!"薛瑄此话是站在程朱理学的立场上而言的,有其压抑人性的纲常伦理之局限性,但他把书之味分为"澹""甘"之别且提醒人们慎重选择而不要"误入歧途"的告诫是有道理的。

读书不应关起门来一味地"闭门造车",有时需要劳逸结合,有时也需要"换换头脑",这也是读书之乐所生之途。明人湛若水在《大科书堂训》一文中云:"诸生读书遇厌倦时,便不长进,不妨登玩山水,以适其性。《学记》有'游焉''息焉'之说,所以使人乐学鼓舞而不倦,亦是一助精神。"读书间隙有所"游"或"息",有助于消除厌倦之绪,因此这种"游"或"息"是一种"助精神"之良法。陆世仪亦

曾说:

> 晦庵(朱熹之号)诗有云:"书册埋头何日了,不如抛却去寻春。"此晦庵著述之暇,游衍之诗也。凡人读书用工,或考索名物,或精究义理,至纷赜难通,或思路俱绝处,且放下书册,至空旷处游衍,一游衍,忽地思致触发,砉然中解,有不期然而然者,此穷理妙法。

著述之暇、读书之余,放下书册到空旷处游衍,即可以解疲倦,又可以在新鲜空气中沐浴身心、触发灵感,遂使思路"砉然中解",岂不是"他山之石"之不请自到?这种读书方法,可称为"游衍读书法",若用现代的话来说或许可称为"绿色读书法"。称为"游衍读书法"也好,称为"绿色读书法"也罢,其实都属于"游乐读书法"——读书在游乐之中。

读书学习需要处理好"专心"与"闲适"的关系,亦要处理好"一意专深"与"变换角度"的关系。对此,章学诚曾以"荷担远程,屡易其肩"的道理予以说明,极富启发性,现不嫌其文长,引录于下:

> 夫学贵专门,识须坚定,皆是卓然直立,不可稍有游移者也。至功力所施,须与精神意趣相为浃洽,所谓乐则能生,不乐则不生也。昨年过镇江顺访刘端临教谕,自言颇用力于制数而未能有得,吾劝之以易意以求。夫用功不同,同期于道。学以致道,犹荷担以趋远程也,数休其力而屡易其肩,然后力有余而程可致也。功习之余,必静思以

求其天倪,数休其力之谓也;求于制数,更端而究于文辞,反覆而穷于义理,循环不已,终期有得,屡易其肩之谓也。夫一尺之棰,日取其平,则终身用之不穷;专意一节,无所变计,趣固亦穷,而力亦易见绌也。

理解章学诚说的这段话的意思,需要把握以下几点:第一,读书学习如同荷担远程,需要屡易其肩,才能保证整个行程的平衡性和持续性;第二,所谓"屡易其肩",包括"劳逸结合""变换角度"等多方面含义;第三,读书学习要保持"易"(变)与"不易"(不变)之间的循环协调,"不易"即"学以致道"之志不变,"易"即方法途径的适时变换;第四,读书学习中的"休其力"是为了保持学之力的持续,"易其肩"是为了保持学之趣的不竭;第五,章学诚的整个这段话是以"乐则能生,不乐则不生"的原理为前提而论的,说明其言"休其力"和"易其肩"都是为了保证"读有所乐"或"学有所乐"。

人们都说读书要勤、要有恒,但这种勤和恒须以乐为前提。乐之,才能勤之、恒之。无乐之勤,是一种苦勤;无乐之恒,是一种强恒。俗话说"强扭的瓜不甜",没有乐趣的读书,既不可能做到久久为功,也不可能保证读书应有的效果。

读书之乐从何而来?从根本上说,乐从志生。遂志才能生乐,不遂志便生闷。读书若无"学以致道"之志的顺遂之感,读书之乐便无以生。这就是"读书须先立志"的重要意义所在。

论曾国藩读书

曾国藩生前官居二品,被称为清末四大名臣之一,谥号"文正"。曾国藩有17年的戎马生涯,镇压太平天国运动和围剿捻军是他被朝廷擢拔的功绩之本。因此,梁启超称他"誉之则为圣相,谳之则为元凶"。也许此故,在一些人的印象中,曾国藩是一个行武之人,殊不知曾国藩首先是一个饱读诗书的文人,然后才是以文统兵的帅才之人。简单地说,曾国藩是一个文武双全的人。

"宋初三先生"之一的胡瑗,讲学时分"经义""治事"两斋,分科培养通经之士和通事(通晓办事)之士。这在形式上有点类似于现在的分文、理科培养人才,但又不完全一样。在胡瑗实施的分斋教学法中,要求选经义斋的人也要选一两门治事科目,选治事斋的人也要选一两门经义科目,这在一定程度上又体现了通才教育的特征。然而,在中国古代,胡瑗的分斋教学法未能通行于世,因而像曾国藩那样经义、治事两全的人并不多。

我们知道,毛泽东是一位文武双全、通经与通事兼具的伟人。毛泽东在评价曾国藩时,就是从通经与通事兼具的角度立意的,他说:

> 有办事之人,有传教之人。前如诸葛武侯、范希文,后如孔孟朱陆王阳明等是也。宋韩范并称,清曾左并称,然韩左办事之人也,范曾办事而兼传教之人也。

所谓"办事",指建立事功;所谓"传教",指建立和传播思想学说以影响当代和后世。在毛泽东看来,像宋代的范仲淹要高过韩琦一样,在清代曾国藩要高过左宗棠;范仲淹和曾国藩是"办事而兼传教之人"。1917年,毛泽东在给黎锦熙老师的信中说道:"愚以近人,独服曾文正,观其收拾洪杨一役,完满无缺。使以今人易其位,其能如彼之完满乎?"由此足见毛泽东对曾国藩的极度服膺与赞佩。

曾国藩为何能够被人尊为"圣相",乃至毛泽东也表示对其极度赞佩?原因固然有多方面,然而,毋庸置疑的是,其"有志、有识、有恒"的读书学习,为其铸就"成己成物"的辉煌人生奠定了坚实基础。曾国藩少时读书,有一个故事:

> 有一天晚上,曾国藩在家看书,一篇文章不知道重读多少遍了,还是背不下来。这时候他家来了一个贼,潜伏在屋檐下,等待曾国藩睡觉之后偷东西。可是等啊等,就是不见他睡觉,还是翻来覆去地诵读那篇文章。贼人实在忍不住,跳下来说:"这种水平还读什么书?"接着自己将那篇文章背诵一遍后,扬长而去!

这一故事说明,曾国藩少时并无什么聪颖过人之处,背诵文章的记忆能力还不如小偷。诚如梁启超所言,"……文正固非有超群绝伦之天才,在并时诸贤杰中,称最钝拙"。一个"最钝拙"的人,还能读书成才、报效国家而垂青千古吗?这正是我们现代的人们通过了解曾国藩的读书生涯进而检视自己人生的重要问题。

曾国藩的读书生涯,有如下几方面的特优之处,值得我们思考和学习。

一是有志。中国古人乃至现代人,都知道读书须先立志的道理,然而,真正志存高远并一以贯之的人并不多。"君子立长志,小人常立志",此之谓也。曾国藩认为,读书人首先要弄清"大本大源"问题,如他所言"得大本大源,则心有定向而不致摇摇无着"。曾国藩所言"大本大源",意为事物的本质问题或解决问题的关键方法。对读书人而言,读书的动机、志向、毅力等就是"大本大源"问题。也就是说,读书人必须首先要明确为什么读书、读书遇到困难怎么办等根本问题,然后才能做到勤读而持之以恒。关于读书之志,曾国藩说:

> 读书之志,须以困勉之功,志大人之学。
>
> 君子之立志也,有民胞物与之量,有内圣外王之业,而后不忝于父母之所生,不愧为天地之完人。故其为忧也,以不如舜、不如周公为忧也;以德不修、学不讲为忧也。……若夫一身之屈伸,一家之饥饱,世俗之荣辱、得失、贵贱、毁誉,君子固不暇忧及此也。

在曾国藩看来,读书人须"志大人之学",即须立"民胞物与""内圣外王"之志。这样的志,才是高远之志;同时,为了保证这种高远之志的不动摇,就得排除"一身之屈伸,一家之饥饱,世俗之荣辱、得失、贵贱、毁誉"等的干扰。

也许有人质疑：普通人还有必要立"民胞物与""内圣外王"这样的高远之志吗？对此，我的回答是：有必要！我们应该知道，这里所言"民胞物与""内圣外王"，是一种境界性目标、过程性目标，而不是具体实然的目标；这样的高远之志，即使永远无法实现，也会给我们为之而努力不懈的动力之源。志向有多高，动力就有多大。如果一种志向不经长期艰苦努力就能骤然实现，那么这种志向必然是一种浅薄之志，甚至根本不应称其为志向。我们所立的读书之志，必须能够为我们终生读书实践提供源源不竭的动力。

我们要记住：志向所要解决的是动力问题，而不是能否实现的问题；志向的价值在于为之而努力的过程之中，而不在于实现的结果之中。

曾国藩为自己定下的座右铭是"不为圣贤，便为禽兽；莫问收获，但问耕耘"。读书就应该始终坚守"莫问收获，但问耕耘"的心态。

现代的年轻人，之所以难以树立高远的读书之志，就是因为跳不出"一身之屈伸，一家之饥饱，世俗之荣辱、得失、贵贱、毁誉"等私心杂念的藩篱。

人所皆知，读书须静。这里的"静"，主要指心静。私心杂念重的人，就无法心静。程朱认为，"主一"才能心静。"主一"就是专注于一事，心无旁骛。对此，曾国藩深有体会，他在一则日记中写道："饭后，强把此心读《易》，竟不能入，可恨！细思不能主一之咎。……不能主一，无择无守，则虽念念在四书、五经上，亦只算游思杂念，心无统摄故也。"如何做到主一和心静？对此曾国藩告诫他人说："须将生前之名，身后之事，与一切妄念，铲除净尽，自然有一种恬淡意味,而寂定之余,真阳自生,此以静制动之法也。"

"私心"与"公心"相对。私心人皆有之,但私心过重,便会使人狭隘,无以志存高远。苏轼说"凡学之难者,难于无私;无私之难者,难于通万物之理"。苏轼的意思是说,心里无私,才能把万物之理纳入心中;而若私心杂念太多,则必会堵塞万物之理的入心之途,从而"难于通万物之理"。朱熹曾明确指出"心不公底人,读书不得"。满脑子私心杂念的人、总是以私利为目标的人,其实就是"心不公底人"。欧几里得就曾怒斥过这种"心不公底人":

> 有一天,一个年轻人找到欧几里得,表示要跟他学习几何学知识,但此人向欧几里得提出的第一个问题是:从学习几何学中我能获得什么实利呢?欧几里得听后立即叫来仆人说:给这个人三毛钱吧,因为他居然要从学问中取利。

这则故事中的年轻人,显然就是"但问收获,不问耕耘"的人,与曾国藩的"莫问收获,但问耕耘"正好相反。现代的年轻人,听了这则故事后,不知有何感想……

二是有恒。曾国藩出生于半耕半读的农民家庭。曾国藩的祖父定有治家之训:早、扫、考、宝、书、蔬、鱼、猪。这八字训传到曾国藩一代,曾国藩把它的顺序调整为:书、蔬、猪、鱼、考、宝、早、扫。其中最大的变化就是把"书"提到最前,足见曾国藩对读书意义的充分肯定。这八字训的整体意义归纳起来说就是一个字:勤。这样的家庭文化使得曾国藩养成了勤奋读书、勤奋写作、勤奋为公的良好习惯。

曾国藩非常重视勤奋之于人的重要性,所以他曾为同僚们专门总结有"为勤之道":

> 一曰身勤。险远之路,身往验之;艰苦之境,身亲尝之。二曰眼勤。遇一人,必详细察看;接一文,必反复审阅。三曰手勤。易弃之物,随手收拾;易忘之事,随笔记载。四曰口勤。待同僚,则互相规劝;待下属,则再三训导。五曰心勤。精诚所至,金石亦开;苦思所积,鬼神亦通。

曾国藩说"士人读书,要有志,有识,有恒",这里所言"有恒",就是指坚持不懈的勤奋读书精神。所以在曾国藩的思想意识中,对读书人而言的"恒"与"勤"几乎是同义词,因而两者可以互指互证——恒者必勤,勤者必恒。

曾国藩读书,可谓至勤至恒。曾国藩无论在书院读书、在京求学为官,还是在领兵打仗,始终坚持"日课"习惯。"日课"就是每日功课。我们翻阅他的日记、家书,便能随处发现他勤奋读书、写字和抄录的记载。在给诸弟的一封信(道光二十四年十一月二十一日)中他是这样说的:"兄往年极无恒,近年略好,而犹未纯熟。自七月初一起到今则无一日间断,每日临帖百字,钞书百字,看书少亦须满二十页,多则不论。自七月起,至今已看过《王荆公文集》百卷,《归震川文集》四十卷,《诗经大全》二十卷,《后汉书》百卷,皆朱笔加圈批。虽极忙,亦须了本日功课,不以昨日耽搁而今日补做,不以明日有事而今日预做。"这种"无一日间断""虽极忙,亦须了本日功课"的勤奋读书精神,对如今以"没时间"为由而不读书的人们而言是一个极好的反讽。

勤奋读书,不仅要体现于无时不读,而且还要体现在无处不读。在领兵打仗时期,曾国藩需要经常乘坐舟车,即使在舟车颠簸之中,曾国藩亦未放弃读书。翻阅他的日记,多处有舟车读书的记载,如"在舟中阅《选举考》三十余页,酌加批识";"辰正开船,阅《乡饮酒义》《射义》《燕义》《聘义》,中饭后阅《丧服四制》,又补阅《投壶》";"在舆中阅《泰安府志》十余页";"在舆中有似釜甑炊爨之时,阅《祭法》《祭义》三十页,盖不看书则心无所寄而愈热也"。有一次,曾国藩的四弟以家中读书难以全神贯注为由,产生了外出求学的想法,曾国藩得知后批评四弟说"苟能发奋自立,则家塾可读书,即旷野之地、热闹之场亦可读书,负薪牧豕,皆可读书;苟不能发奋自立,则家塾不宜读书,即清净之乡、神仙之境皆不能读书。何必择地?何必择时?但自问立志之真不真耳"。的确,只要立志真,无时不可读书、无处不可读书。这也说明了立志真是一个人能够勤奋读书的前提的道理。

三是博览。曾国藩读书有一个特点,就是经、史、子、集无所不览。曾国藩不认同当时人们普遍认为的"天下学问,经史而已"的观点,因而他的读书范围从不限于经、史。曾国藩曾经这样表述自己喜读之书的范围:"十三经外所最宜熟读者莫如《史记》《汉书》《庄子》韩文四种。余生平好此四书,嗜之成癖。……自此四种而外,又如《文选》《通典》《说文》《孙武子》《方舆纪要》、近人姚姬传所辑《古文辞类纂》、余所抄十八家诗,此七书者,亦余嗜好之次也。"由此足见曾国藩阅读范围之广。

关于博览或博学之意,朱熹说"博学,谓天地万物之理,修己治人之方,皆当所学","学之博,然后有以备事物之理"。博学或博览之人,其文章才能触类旁通,左右逢源,融会贯通。诚如曾国藩所言,"文章之事,以读书多、积理富为要"。反观今日的很多人,以写文章为难事,总是写不出好文章,究其原因,读书不多、积理不富是重要原因。

曾国藩对天下各种学问学派持开放态度,既不独尊汉学亦不独尊宋学,而是兼采汉宋;在对诸子百家的态度上,主张诸子互补,而不"独尊儒术"。这是曾国藩之所以主张并做到博览群书的观念基础。对此曾国藩有言:

> 诸子中,唯《老子》《庄子》《荀子》《孙子》自成一家之言。……若游心能如老、庄之虚静,治身能如墨翟之勤俭,齐民能以管、商之严整,而又持之以不自是之心,偏者裁之,缺者补之,则诸子皆可师也,不可弃也。

正因如此,后来的人们普遍认为曾国藩"既不算是一个纯粹的理学家,也不算是一个纯粹的儒学家,而是一个以理学为核心、儒学为主体,集古今思想文化之大成的杂家"。从曾国藩的学术观点及读书范围而言,把曾国藩列入"杂家"范畴是合乎实情的。

四是笔记。读书应该是手脑并用的过程。朱熹总结有"三到"读书法,即眼到、口到、心到。其中的"心到",就是用脑思考、理解文义的意思。朱熹之后的人们,在"三到"基础上又增加了一到,即"手到"。所谓"手到",主要指读书时圈点、画线、眉批、抄录、做笔记等用笔过程。所以,手到亦可称为"笔到"。在此我把手到或笔到的各种形式,统称为"笔记"。

简单地说,"心到"和"手到"的结合,就是"手脑并用"的读书方法。可以说,曾国藩是运用这种"手脑并用"法的高手。尤其是他的

"手到"功夫,很值得我们今人仿效和学习。

曾国藩读书时的"手到",主要有"抄录"和"札记"两种形式。

抄录,指读一本书的过程中或读完之后,摘录书中的重要字句或段落的笔记形式。抄录的条目达到一定数量时,这个抄录本本身就成了一本新的文献。曾国藩读书基本上做到了"有读必有录",由此形成了诸多抄录本,如《曾氏家训长编》《十八家诗钞》《六家诗钞》《经史百家杂钞》《古文简本》《孟子四类编》《左氏分类事目》《朴目杂记》《周官雅训杂记》《鸣原堂论文》《易象类记》《通鉴大事记》等。这种抄录本身,既是"提要勾玄"的过程,也是增强记忆的过程,其价值是不言而喻的,诚如他自己所言"思将古来政事、人物分类,随手抄记,实为有用"。

曾国藩所言札记,就是在读书时做各种标识或写出心得笔记。他很看重札记的必要性,所以他在给儿子纪泽的信中说:"尔治经之时,无论看注疏,看宋传,总宜虚心求之,其惬意者,则以朱笔识出,其怀疑者,则以另册写一小条,或多为辩论,或仅著数字,将来疑者渐晰,又记于此条之下,久久渐成卷帙,则自然日进。"

曾国藩认为,读书时的抄录或札记有"仿效"和"助记"的功能价值。仿效指在抄录或札记的过程中,容易产生"见贤思齐"的心理反应,即经常抄录或札记书中的嘉言名句,就会促使自己在言语和文章中仿而效之,从而有助于提高自己的言语和文章的整体水平。助记指通过抄录或札记的"手到"过程加深对读物思想内容的理解,从而增强记忆的牢固程度。俗话说"好记性不如烂笔头",就是指这种助记功能而言的。对这种仿效和助记功能,曾国藩深有体会地说"一面细读,一面抄记,一面作文,以仿效之;凡奇僻之字,雅故之训,不手抄则不能记,不摹仿则不惯用"。

反观我们今人读书,很多人不重视做笔记,还有很多年轻人根本就不知道如何做读书笔记。做笔记与不做笔记,其读书效果很不相同。阅读消遣性读物,不必强求做笔记,而阅读其他读物尤其是阅读学术性读物,则大多有必要做笔记,这是保证预期阅读效果的必要措施。毛泽东的老师徐特立先生当年曾教导毛泽东说:

> 要通过自己的思想来估量书籍的价值,要用一个本子摘录书中精彩的地方。总之,我是坚持"不动笔墨不看书"的。这样读书,虽然进度慢一点,但读一句算一句,读一本算一本,不但能记得牢固,而且懂得透彻。

徐特立先生这段话中的"不但能记得牢固,而且懂得透彻"一句,可以说是对读书笔记重要性的最准确、最简洁的概括。读书笔记如此重要,岂可小觑?!

论朱子读书法

众所周知,朱熹是理学(或称道学)的集大成者。他的《四书章句集注》被元、明、清三代朝廷确立为"标准教科书",主宰学术和科考近七百年之久。朱熹是中国历史上唯一非孔子亲传弟子而享祀孔庙的大儒。也许此故,大多数人只知道作为理学家的朱熹,而往往注意不到作为阅读学家的朱熹——迄今为止,朱熹是专门论述读书方法最多的中国人。

翻阅《朱子全书》《晦庵先生朱文公文集》《朱子语类》《朱熹集》等文献,我们就会发现,朱熹在很多诗文篇中,论有读书之事。仅在黎靖德编《朱子语类》中,卷七到卷十三都是以"学"字为卷名,专门辑录朱熹的治学或读书言论,其中的卷八为"总论为学之方",卷十为"读书法上",卷十一为"读书法下"。

正因为朱熹谈论读书很多,所以他的弟子辅广专门编辑《朱子读书法》一书,集中介绍朱熹的有关读书的言论。这也是汉语"读书法"一词的最早出现。辅广的《朱子读书法》未能留传下来,后来南宋末年的张洪、齐熙二人在辅广《朱子读书法》基础上进一步增订成书,仍取名《朱子读书法》,我们现在能看到的《朱子读书法》就是此书。辅广以及张洪、齐熙二人所辑《朱子读书法》,把朱熹所谈的读书法,总结归纳为六条,即循序渐进、熟读精思、虚心涵泳、切己体察、着紧用力、居敬持志。这就是至今也广为流传的"朱子读书六法"。

其实,中国古人所谈的读书之法很多,如多闻阙疑法、昼读夜思法、提要勾玄法、八面受敌法等等,但都是零星散论,未能像朱熹所谈全面而又成体系(尽管朱子读书六法是后人归纳的)。

朱熹所论读书法,可谓是朱熹长年读书经验的总结概括。因为朱熹本人无疑是博览群书的人,所以他的读书经验之谈都是具体而亲切的,涉及读书的方方面面问题,其所谈经验和方法对我们今人也有很好的指导性和启发性。徐复观先生向他人推荐《朱子读书法》时指出,"……至于进一步的读书方法,我愿向大家推荐宋张洪、齐熙同编的《朱子读书法》。朱元晦(元晦为朱熹之字)真是投出他的全生命来读书的人,所以他读书的经验,对人们有永恒的启发作用"。

我接触宋明理学,是20世纪80年代末从读侯外庐等编的《宋明理学史》一书开始的。不过我接触朱熹的读书法,却比这要早一些。那是一个偶然的机遇。当时我在图书馆工作,有一次,一位老师借《朱子语类》(第一册),在办理借书手续时,这位老师突然问我:"你读过《朱子语类》吗?"我回答说:"没有。"他又说:"我知道你爱看书,所以你应该看这本书,因为这里面有不少读书法方面的内容。"这位老师的提醒,犹如雪中送炭,立刻让我产生了一睹为快的冲动,于是我当即进书库再取一本(复本),站在书架前翻阅,果然从目录中看到"总论为学之方""读书法上""读书法下"这几个卷名。于是,我便如获至宝似地通读了一遍,果然受益匪浅。从此我才知道读书法的重要性,也由此促发我阅读了较多古今中外有关读书法方面的书籍和文章。

读过较多的古今中外有关读书法方面的书籍或文章之后,我的感受是:学者们所谈读书经验与方法,大多不出朱熹所谈之右,尤其在内容的全面性和论述的亲切性、细微性方面,无人能处朱熹之上。

朱熹所谈论的读书法,确实给了我很多的启发。我之所以长年坚持读书,就是受朱熹所言"读多自然晓"一语的启发而来;我的读书历程,实际上就是践行朱子读书法的历程。可以说,朱子读书法让我受用终生。

在我看来,朱熹所谈读书法中的大部分说法,仍然适用于现今时代而未过时。在此,我无法全面谈论朱子读书法的各方面内容及其当代价值,我只想从以下三方面谈谈我的感受与想法。

一、读书为明道穷理

朱熹对读书的目的、动机、宗旨的概括可谓简洁而明确,其曰:"为学之道,莫先于穷理;穷理之要,必在于读书。"又曰:"古人读书,将以求道,不然,读作何用?"读书的目的,就是为了求道或穷理,就这么简单,毋庸置疑。求道的过程其实就是明道的过程,所以"求道"和"明道"可以视为同义词。

读书何以能明道或穷理?对此,朱熹是这么说的:

> 道之在天下,其实原于天命之性,而行于君臣、父子、兄弟、朋友之间,其文则出于圣人之手,而存于《易》《书》《诗》《礼》《春秋》。……然古之圣人欲明是道于天下,而垂之万世,则其精微曲折之际,非托于文字,亦不能以自传

也。……天下后世之人自非生知之圣,则必由是以穷其理。

朱熹的意思是说,圣人之言就是道;圣人已故,道记录在书中;后世之人通过读书,得以明道穷理。

用现代的唯物主义观点来说,人们获得知识(道)的渠道不外乎直接经验与间接经验两途。直接渠道,就是通过亲身实践获得知识;间接渠道,就是通过读书等间接途径获得知识。朱熹说的"穷理之要,必在于读书",就是指这种通过间接途径获得知识的方式。

哲学家们说,人是文化的动物,人是符号的动物。人类的文化传统主要靠文献(广义的书)代代相传;人类的"符号化运作"(卡西尔语),其结果大多记录于文献之中。据此,我曾经对人下过这样的定义:人是能够创造文献并利用文献进行文化创造活动的动物。朱熹说的通过读书而明道穷理的过程,其实就是利用文献进行文化创造活动的过程。

读书为了什么?对读书人而言,这确实是一个首先需要明确的问题,因为它关涉读书的动机和心态问题。读书的动机和心态问题,朱熹称为"为学之本"问题。朱熹曾经这样批评过读书动机不纯和心态不正现象:

……然自圣学不传,世之为士者不知学之有本,而惟书之读,则其所以求于书,不越乎记诵、训诂、文词之间,以钓名声、干利禄而已。是以天下之书愈多而理愈昧,学者之事愈勤而心愈放,词章愈丽、论议愈高而其德业、事功之实愈无以逮于古人。然非书之罪也,读者不知学之有本,而无以为之地也。

说句实在话,在现今的读书人当中,以"钓名声、干利禄"为目的的人还少吗?以此为读书动机,也许能为个人带来一定的名声和利禄,然而当大多数人都以此为动机时,必然把我们所处的社会推向物欲横流的社会,这样的社会风尚必然使读书人把正确的价值观、义利观抛之脑后,一心营造自己的"黄金屋",何谈笃行公序良德、报效国家?这就是"个体理性之和有时会走向整体非理性"的道理所在。

毋庸置疑,对读书人而言,首先要弄清"学之有本"的问题,而"学之有本"的"本"正体现在能否确立正确的读书动机、把握正确的读书心态上;只有弄清为学之本问题,才能为自己的读书生涯提供源源不竭的动力。朱熹在《观书有感》一诗中说"问渠哪得清如许,为有源头活水来",这里的"源头活水"就可以理解为正确的读书动机与心态。

读书为明道穷理,这是从大处着眼而言的。朱熹认为,读书还有"存心"的功用。对此,朱熹是这样说的:"人常读书,庶几可以管摄此心,使之常存。横渠(张载)有言,书所以维持此心,一时放下,则一时德性有懈。"又说"读书一举两得,这边理会又到,这边又存得心"。宋明理学家们都强调存心养性的重要性,而读书正是存心养性的最佳方法之一。曾国藩认为,读书有进德修业之功。宋明理学家们强调的存心养性,相当于曾国藩所言"进德"范畴。读书能够"管摄此心",所谓"管摄此心",就是保持为善去恶之念,使心回归到"本善"之性中。

我们知道,读书既能使人为善,亦能使人为恶。为恶就是过度追求名声、利禄所致,就是没有做到"进德"所致。读书须进德,进德才能保证修业之正果。

读书为明道穷理,而不是为了"千钟粟""黄金屋""颜如玉";只有以明道穷理为读书之旨趣,才能志存高远,脱出名声与利禄的羁绊,从而把持住读书的正能量方向,进而保证读书的正向效果。

二、读书之法无他,熟读精思而已

朱熹曾说,"大抵观书先须熟读,使其言皆若出于吾之口;继以精思,使其意皆若出于吾之心,然后可以有得尔"。朱熹的弟子们就是根据这段话概括出"熟读精思"这一读书法的。

在朱子读书六法中,朱熹本人谈论最多的就是"熟读精思"之法。甚至可以这样说,在朱子读书六法中,其他五条之义其实都可纳入"熟读精思"这一范畴之中。如"循序渐进",其实是熟读精思在读书次序上的表现;"虚心涵泳"本身就是熟读精思的过程,只不过侧重强调的是"不先立说,咀嚼玩味"的一面;"切己体察"就是"精思"的表现,只不过侧重强调的是"联系自己体味文意"的一面;"着紧用力"其实是做到熟读精思的手段,即着紧用力才能达到"熟"和"精"的效果;"居敬持志"其实是做到熟读精思的心理条件,因为只有居敬持志,才能为熟读精思提供源源不竭的心理动力。

朱熹本人很看重"熟读精思"这一读书法,所以他经常告诫朋友或弟子们熟读精思的重要性,如他所言"书只贵读,读多自然晓";"读得通贯后,义理自出";"熟读玩味,道理自不难见";"虚心平气,徐读而审思,乃见圣贤本意,而在己亦有着实用处";"为学之道更无他法,但能熟读精思,久之自有见处"。

从思想渊源上说,朱熹的"熟读精思"读书法,来源于孔子的"学而不思则罔,思而不学则殆"思想。对此,朱熹本人就说,"学便是读。读了又思,思了又读,自然有意"。

如何熟读？别无他法，只是钻进书中一心求解，一而再，再而三，直到弄懂为止。对此，朱熹教导弟子说：

> 读书时当将此心葬在此书中，行住坐卧，念念在此，誓以必晓彻为期。外面有甚事我也不管，只一心在书上，方谓之善读书。

所言"葬在此书中"，可谓经典之语！读书必须深入到书中逐字逐句领会，才能读出书中所言之意。这种"只一心在书上"的专一境界，就像把自己埋葬在书中一样，"入土为安"，安心致志，久久为功，必至功成。

一书多遍读，也是做到熟读的重要方法途径。朱熹说"凡人读书，若读十遍不会，则又读二十遍。又不会，则读三十遍。至五十遍，必有见到处"。又说"读书法，且先读数过，已得文义四五分。然后看解，又得二三分。又却读正文，又得一二分"。朱熹这里所言遍数（如二十遍、三十遍等），不是在实际确指意义上说的，而是在"多遍"意义上说的。

某书是否需要多遍读，以及具体读几遍，这是因人因书而异的事情。不过，对初学者或者涉世阅历不多的人而言，读书多遍是有必要的。尤其是阅读那些自己不熟悉的信息内容，更需多遍读。多遍读虽显笨拙，又花费时间，但无其他方法可替代。

熟读，需要避免过度求速。读书求速，就无法咀嚼玩味，终难免挂一漏万的结局。诚如朱熹所言，读书"莫恁地快，这个使急不得，须是缓缓去理会，须是逐句去搜索，俟这一章透彻之后，却理会第二章"。朱熹还以园丁灌溉之事比喻读书求速之害，其曰"读书如园夫灌园,……不善灌者,忙急而治之,担一担之水,浇满园之蔬,人见其治园矣,而物未尝沾足也"。朱熹又把读书过程比喻为煎药过程,以此教人不可求速,其曰"读书须要耐烦,努力翻了巢穴。譬如煎药,初煎时须着猛火,待滚了,却退着以慢火养之"。这种"以慢火养之"的过程,就是咀嚼玩味的慢读或熟读的过程。

我们知道,速读也是一种读书方法。不过,速读之法只应适用于那些思想性不强的书籍之读,而对那些学术性、思想性、专业性强的书籍,不应求速读和速效。古人言"欲速则不达",此话确然。我们还应知道,读书的应然之效,只能求之于水到渠成之时、瓜熟蒂落之时,而不应越时强求。越时强求,便非熟读。

如何精思?亦无诀窍可循,只有专心思考一途。当然,专心思考的形式是多种多样的,如只就书中所言多遍思考;联系自我实践经验思考;联系他人有关说法进行比较思考;对难解问题请教他人而解惑;一时难解者,暂时搁置而等待另时的灵感触发;等等,都是专心思考的表现。

精思,需要避免过度的冥思苦索。对此朱熹说,"只是平心定气在这里看,亦不可用心思索太过,少间却便损了精神";"学者思虑不可过,若但虚心游意,时时玩味,久当自见那缝罅意味";"读书未理会得处,且放下,莫要硬去穿凿"。我们应该知道,对书中义理的准确理解和把握,往往需要恰当的"时机""事机""思机"的触发,而不可越"机"强解。我们说"机不可失",但我们还要知道"机不可强夺"。我们读书,有时难解书中之义,往往是由于"时机""事机""思机"未到所致。对此朱熹曾言,"若执着一见,则此心便被此见遮蔽了。人读书遇难处,且须虚心搜讨意思,有时有思绎底事,却去无思量处知得";又说"……有时读别底,撞着文义与此相关,便自晓得";

"看文字,不可终日思量,硬将心去驰逐,亦须空闲少顷,养精神,又来看"。朱熹此言,显然是自己读书的经验之谈。确实如此,我们现代的读书多的人也常有这样的感受。

三、"心不公底人,读书不得"

朱熹曾明确指出,"心不公底人,读书不得"。其所言"心不公",有很多种表现,但归根结底是针对"读书心态不正"的情况而言的。

读书心态不正,首先指读书动机不纯。有的人为赢得各种考试而读书,有的人为炫耀自己而读书,有的人为晋升各种职务(行政职务、技术职务等)而读书,有的人为获取各种名利而读书,如此等等,其实就是读书动机不纯的表现,也就是读书心态不正的表现。

读书心态之所以重要,是因为它涉及"三观"(世界观、价值观、人生观)问题。"三观"中的价值观和人生观,更是直接影响读书心态的正与不正。这里所言"正与不正",就是朱熹所言"心公"与"心不公"问题。朱熹当年针对读书心态不正现象提出批评说:

> ……圣人之所以教,不使学者收视反听,一以反求诸心为是,而必曰"兴于《诗》,立于《礼》,成于《乐》",又曰"博学审问、慎思明辨而力行之",何哉?盖理虽在我,而或蔽于气禀、物欲之私,则不能以自见。学虽在外,然皆所以讲乎此理之实及其浃洽贯通而自得之则,又初无内外、精粗之间也。世变俗衰,士不知学,挟册读书者既不过于夸多斗靡以为利禄之计,其有意于为己者又直以为可以取足于心,而无俟于他求也,是以堕于佛老虚空之邪见,而于义理之正、法度之详有不察焉。其幸而或知理之在我,与夫

学之不可以不讲者,则又不知循序致详,虚心一意,从容以会乎在我之本然,是以急遽浅迫,终不能浃洽而贯通也。呜呼!是岂学之果不可为,书之果不可读,而古先圣贤所以垂世立教果无益于后来也哉?道之不明可叹也已。

朱熹上面所言"挟册读书者既不过于夸多斗靡以为利禄之计""堕于佛老虚空之邪见,而于义理之正、法度之详有不察""不知循序致详,虚心一意"等现象,其实都是"心不公"的表现,这种不公心态必然致使读书者"蔽于气禀、物欲之私"而"不能以自见""急遽浅迫,终不能浃洽而贯通",即由读书心态不正造成读书不通之果。

朱熹又曾指出,"今学者有二种病,一是主私意,一是旧有先入之说。虽欲摆脱,亦被他自来相寻"。"主私意",就是坚持一己之私;"旧有先入之说",就是脑子里已有先入为主的看法。读书人一旦有了这种"私意"和"先入之说",将对书中之义的正确理解产生极大的干扰,难免出现"郢书燕说""盲人摸象""固执己见"的弊端,事事都觉得"人非己是",而且经常"将他人说话来说自家底意思"(朱熹语)等现象。其实这都是"心不公"的表现。如何避免这种"心不公"对读书的影响?朱熹开出的方法是:"讲论文字须且屏去私心,然后可以详考文义。"其实,孔子对此早已开出"四毋"之方:毋意,毋必,毋固,毋我。

读书求速战速决,急于立说,其实这也是"心不公"的表现。对此朱熹告诫人们说,"于古昔圣贤之言逐一反复子细玩味,勿遽立说以求近功";"……不可穿凿求速成,……切不可以轻易急迫之心求旦暮之功"。

读书须有敬畏之情——对知识的敬畏之情、对圣贤的敬畏之情乃至对书籍的敬畏之情。这种敬畏之情,其实也是"心公"的表现。无论是古代人还是现代人,大多数人其实都有读书的欲望,大多数人都知道读书的好处,但大多数人又都难以逾越一个"坎儿"——定不下心。对此,朱熹有言:

> 心不定,故见理不得。今且未要读书,须先定其心,使之如止水,如明镜。暗镜如何照物?

心定不下来,其根源主要在于缺失敬畏之情。人一旦有了敬畏之情,心乃深沉不浮,便能主一或专一。朱熹说"主一便是敬",其实是在说"敬能主一"。所以,当有一弟子对朱熹说读书"每为念虑搅扰,颇妨工夫"时,朱熹便点拨说"只是敬,敬是常惺惺底法,以敬为主,则百事皆从此做去";"及应事时,敬于应事;读书时,敬于读书。便自然该贯动静,心无时不在"。

读书时"每为念虑搅扰",就是私心杂念泛起的症状,就是心不定、心不公的表现。如何做到心定或心公?按照朱熹的说法,就是要"以敬为主",因为"敬是常惺惺底法""敬能主一"。总之,敬是安心之法、定心之法,因而是心公之法。朱子读书六法中的"居敬"之法,就是在此意义上而言的。

从思想渊源上说,朱熹所言"心不公底人,读书不得",源于《大学》所言"欲修其身者,先正其心;欲正其心者,先诚其意"这一命题。读书乃修身之事,而修身须正心诚意;所以读书的前提首先是正心诚意。正心诚意是"心公"的根本要求,所以心公的人才能真正读书,而心不公的人不可能"将读书进行到底"。

从概念上说,中国古人所言的"正心""诚意""心私""心公"等,都可以在"诚"与"非诚"范畴中得到解释。什么是诚？周敦颐《通书》云："诚者,至实而无妄之谓"；"诚,五常之本,百行之源也"；"诚则众理自然,无一不备,不待思勉,而从容中道矣"；"非诚,则五常百行皆无其实,所谓不诚无物者也"。显然,在周敦颐看来,诚是人间社会的最高法则(太极),具有无可置疑的本体地位。

用现代汉语说,"诚"就是真诚,即诚心诚意。朱熹所言"心公",就是在"心诚"意义上说的。中国古人有一个非常执着的信念：诚是明道的心理基础,不诚无以明道；明道的人,更能做到心诚。这就是《中庸》所言"诚则明矣,明则诚矣"的道理所在。《中庸》的这句话,从反向角度可以这样说：不诚无以明,不明无以诚。

朱熹所言"心不公底人,读书不得",就是在"不诚无以明"的意义上说的,也就是说,心不诚(心不公)的人是读不好书的。所谓"心不诚",就是心不虚,心中"别著私物"。对此,曾国藩有一段至理名言：

> ……思人必中虚,不著一物而后能真实无妄,盖实者不欺之谓也。人之所以欺人者,必心中别著一物,心中别有私见,不敢告人,而后造伪言以欺人。若心中不著私物,又何必欺人哉？其所以自欺者,亦以心中别著私物也。如知在好德,而所私在好色,不能去好色之私,则不能不欺其好德之知也。……无私著者至虚者也,是故天下之至虚,天下之至诚者也。当读书则读书,心无著于见客也；当见客则见客,心无著于读书也,一有著,则私也。

诚心,才能安心、定心、专心,读书须安心、定心、专心,是故心诚才能读好书,心不诚无法读好书。这就是朱熹言"心不公底人,读书不得"的深意所在。

"心不公底人,读书不得",朱熹的这句话对现代人有很好的启发价值。现代人总是无法专心于读书,读书时又无法把自己"葬在此书中",就是因为"心中别著私物",无法进入到"当读书则读书,当见客则见客"的"从容中道"的境界。

综上,所谓朱子读书六法,其实都不是"技法"意义上的法,而是方略、功夫、心态意义上的法。也就是说,朱熹所谈读书方法,都是关于读书的思想方法论,而不是技能之法。现代的人们总是想寻找某种具有"特效"功能的读书技法,殊不知这样的特效技法是不存在的。对读书而言,特效技法不存在,但存在普遍的思想方法。朱熹就是在中国历史上谈论读书思想方法最多的思想家,这就是朱熹作为阅读学家的历史功绩所在。

论读书与理解

何谓读书？读书就是读者在特定的环境中利用自身的感官和思维机能从读物中读解意义的过程。在此，读者是主体，读物是客体，但读物只是载体性或中介性客体，读书的真正的客体是读物中所含的"意义"。也就是说，意义是读书的实质性客体。可见，读书是主体理解客体意义的过程，但这种理解过程是在特定的环境中进行的，这个环境（包括客观环境和主观环境）对主体理解客体意义的过程产生重要影响。由此我们可以说，读书是"主体—环境—客体"三者综合作用的过程。

读书的首要目的是读解意义，而读解意义的过程，也就是理解的过程。《说文》："读，籀书也。"段玉裁注："籀，读书也。读与籀叠韵而互训，……抽绎其义蕴至于无穷。"这里的"抽绎其义蕴"就是指读解意义的过程，也就是理解的过程；而"至于无穷"，则表明读解意义或理解是一个无穷的过程，即文本的意义是不断生成的，而不是固定不变的。

读书的过程，也就是理解的过程。"理解"是一个主观心理范畴的概念。那么，读书的过程就是纯粹的主观理解的过程吗？换句话说,对书中的意义,我(读者)想怎么理解就怎么理解吗?对此,古今中外学术界素有争论,有的学者认为"是",有的学者认为"非"。研究这一问题的学问叫作诠释学,也叫阐释学、解释学、释义学、接受学等,在文学批评理论中叫作接受美学。

读书是读解文本意义的过程,那么,书中之意是作者赋予的,还是读者赋予的?对此有三种不同的观点:认为书中之意是作者赋予的,被称为"作者中心论"观点;认为书中之意是读者赋予的,被称为"读者中心论"观点;认为书中之意是由作者和读者共同赋予的,被称为"视域融合论"(作者视域与读者视域的融合)观点。之所以出现这样的观点分歧,是对如下事实做出不同判断所导致:阅读同一部书,不同的读者读解的意义不同,甚至截然相反;即使同一个读者阅读同一部书,不同时间阅读有时也会读出不同的意义和感受,甚至前后相反。我把这种现象称为"同书异解"或"同文异解"现象。可以证明"同书异解"或"同文异解"现象之存在的事例数不胜数。下面先以《诗经》为例说明。

《诗经》首篇《关雎》云:关关雎鸠,在河之洲;窈窕淑女,君子好逑……。对这首诗的思想含义,《诗序》说"《关雎》,后妃之德也,风之始也,所以风天下而正夫妇也"。然而,现代人程俊英、蒋见元在《诗经注析》中则说"这是一首贵族青年的恋歌",王占威在《诗经名篇集释集评》中称"这是一首君子追慕淑女的诗"。显然,《诗序》的作者是从伦理学角度解读这首诗的含义,而程俊英、蒋见元和王占威则是从一般的文学角度解读这首诗的含义,两者截然有别。

再看《诗经》中的《木瓜》篇,全文如下:

> 投我以木瓜,报之以琼琚。匪报也,永以为好也!
> 投我以木桃,报之以琼瑶。匪报也,永以为好也!
> 投我以木李,报之以琼玖。匪报也,永以为好也!

对这首诗的意旨,《诗序》的解释是:"《木瓜》,美齐桓公也。卫国有狄人之败,出处于漕,齐桓公救而封之,遗之车马器服焉。卫人思之,欲厚报之,而作是诗也。"南宋人朱熹的解释是:"言人有赠我以微物,我当报之以重宝,而犹未足以为报也,……疑亦男女相赠答之词。"现代人蒋立甫的解释是:"是男女互赠定情物的歌词。"显然,《诗序》是从"美刺"(赞美与讽刺)角度理解此诗的意指,而朱熹和蒋立甫则是从文学角度理解此诗的意旨(尽管两人的解释不完全一样),两者亦截然有别。

人们读解《诗经》各篇,为何总是出现"同文异解"现象?对此清人卢文弨有言:"夫《诗》有意中之情,亦有言外之旨,……《诗》无定形,读《诗》者亦无定解。……各有取义而不必尽符乎本旨。"在卢文弨看来,"读《诗》者无定解"是难免的事情,不必追究其解是否符合"本旨"(原意)的问题。

下面再说人们对《红楼梦》意指的不同理解情况。

关于人们对《红楼梦》意指的不同理解,鲁迅有一段精辟之言:

> 《红楼梦》是中国许多人所知道,至少,是知道这名目的书。谁是作者和续者姑且勿论,单是命意,就因读者的眼光而有种种:经学家看见《易》,道学家看见淫,才子看见缠绵,革命家看见排满,流言家看见宫闱秘事。

的确如此,人们对《红楼梦》意旨的理解真可谓五花八门、莫衷一是。即使同为儒家立场的人,也出现相左结论,如有的人"直视《红楼梦》为有功名教之书,有裨学问之书,有关世道人心之书",而有的人则认为"《红楼梦》一书,诲淫之甚者也","一部《红楼梦》,教坏天下之堂官"。

同是对林黛玉的评价,也往往截然相左,如有的人认为"黛玉一味痴情,心地偏窄,德固不美,只有文墨之才","以黛玉为妻,有不好者数处。终年疾病,孤冷性格,使人左不是,右不是。虽具有妙才,殊令人讨苦";而有的人则同情林黛玉的命运,所以有人另作《红楼圆梦》为其圆梦:林黛玉因祸得福,死而复生后,突然从棺中得到十万八千粒珍珠,成为巨富,并被皇帝封为郡主,其弟绛玉亦中探花⋯⋯

有的人认为,《红楼梦》是宣扬儒家性理思想的书,其曰:"《石头记》乃演性理之书,祖《大学》而宗《中庸》,故借宝玉说'明明德之外无书',又曰'不过《大学》《中庸》'。是书大意阐发《学》《庸》,以《周易》演消长,以《国风》正贞淫,以《春秋》示予夺,《礼经》《乐记》融会其中。"

有的人从庄子的道家学说出发评价《红楼梦》的意旨,其曰:"黛玉一生是聪明所误;宝玉是多事者,情之事也,非世事也,多情曰多事,亦宗庄笔而来。⋯⋯阿凤是机心所误,宝钗是博知所误,湘云是自爱所误,袭人是好胜所误,皆不能跳出庄叟言外,悲亦甚矣。"这显然是从道家的"反者道之动""物极必反"观念角度衡量《红楼梦》中的人物形象。

有的人认为《红楼梦》的意旨无他,纯粹是一部情书而已,其曰:"作是书者,盖生于情,发于情;钟于情,笃于情;深于情,恋于情;纵于情,囿于情;癖于情,痴于情;乐于情,苦于情;失于情,断于情;至极乎情,终不能忘乎情。惟不忘乎情,凡一言一事,一举一动,无在而不用其情。此之为情书,其情之中,欢洽之情太少,愁绪之情苦多。……阅之伤心,适足令人酸鼻。凡读《红楼梦》者,莫不为宝、黛二人咨嗟,甚而至于饮泣,盖怜黛玉割情而夭,宝玉报情而遁也。"

胡适与鲁迅同为民国时期人,亦可称同为文学家,所以他们对《红楼梦》性质的理解有相近之处。胡适说《红楼梦》"只是老老实实的描写这一个'坐吃山空,树倒猢狲散'的自然趋势。因为如此,所以《红楼梦》是一部自然主义的杰作。那些猜谜的红学大家不晓得《红楼梦》的真价值正在这平淡无奇的自然主义的上面,所以他们偏要绞尽心血去猜那想入非非的笨谜"。胡适的意思是说,《红楼梦》只是自自然然地叙述了四大家族的盛衰史,并无其他意旨。鲁迅亦认为:

> 至于说到《红楼梦》的价值,可是在中国底小说中实在是不可多得的。其要点在敢于如实描写,并无讳饰,和从前的小说叙好人完全是好,坏人完全是坏的,大不相同,所以其中所叙的人物,都是真的人物。总之自有《红楼梦》出来以后,传统的思想和写法都打破了。

胡适和鲁迅对《红楼梦》性质与价值的理解,较客观公允,实事求是,可谓"戴着平镜评书",而不像此前人们先入为主地"戴着灰色眼镜评书"。

以上,仅以《诗经》和《红楼梦》的接受史为例,简略说明了读书活动中普遍存在的"同书异解"或"同文异解"现象。

在我看来,"同书异解"或"同文异解"现象的普遍存在,是由作者、作品和读者三方面共同造成的。

从作者、作品与读者的关系角度看,作者一般对自己的作品事先确立旨意,这叫作者的"意图"。然而作品一旦完成并付梓,该作品便如同脱缰野马不再"听从"作者的意图,而表现出无限的开放性,任由读者猜解。对此缪钺先生曾指出,"作者既非专为一人一事而发,读者又安能凿实以求,亦惟有就己见之所能及者,高下深浅,各有领会"。对作者而言,作品有完成之时,但这种完成并非完全意义上的完成,客观上留有许多作者自己意料或未曾意料的"空白"(未言之意和言外之意),这种"空白"只能由读者来"填充"了,所以严格地说作品是由作者和读者共同完成的,而且随着异人异时的解读,这种"完成"始终在进行,作品的意义在不断生成,未有定解之时。也就是说,作品的开放性导致理解的开放性,这是"异解"产生的根源之一。

从读者角度而言,读者是通过"以意逆志"途径来读解书中之意的。"以意逆志"出自《孟子》:"故说诗者,不以文害辞,不以辞害志,以意逆志,是为得之。"孟子的意思是说,解说诗的人,不要拘于文字而误解词句,也不要拘于词句而误解原意;用自己的体会去推测作者的本意,才是对的。对此赵岐解释说,"意,学者之心意也","以己之意,逆诗人之志"。也就是说根据自己对作品的主观感受,去把握诗人在作品中所要表达的思想感情。这表明,读者都是带着"己意"理解作者之意和作品之意的。从理论上说,有多少读者就有多少"己意",有多少个"己意"就有多少种理解。"有多少个观众,就有多少个哈姆雷特",就是指这种情况而言的。

读者的"己意",主要由"前理解"和"期待视野"构成。"前理解"指读者此前已具有的知识、经验、立场观念等;"期待视野"指把对象理解成自己所期待的样子的倾向。

读者读书,从来都不是"从零开始"的,而总是带着"前理解"和"期待视野"去理解书中之意的。每个人都有自己特定的"前理解"和"期待视野",不同的"前理解"和"期待视野",必然导致不同的理解结果,由此出现"《诗》无达诂,《易》无达占,《春秋》无达辞"的现象。这也是"异解"产生的根源之一。

我们说每个人都有自己的"己意",这是从个体意义上说的,如果考虑"众人""集体""共同体"等因素,那么"己意"之间就有可能出现或大或小的交集甚至合集。因此,虽然每个读者都"以意逆志",但也有可能出现"英雄所见略同"般的"理解共同体"现象。如理解《三国演义》中的关羽形象,绝大部分人都会把关羽理解成"义"与"勇"的化身,而不会把关羽理解成不义的懦夫。这表明,"己意"不是"私意",对书中之意的理解不能天马行空般地随意乱解、曲解;"己意"不可避免,但"私意"必须避免。

以"私意"乱解、曲解书中之意的行为或做法,在诠释学中称为"过度解释"。以私意过度解释所造成的恶果是显而易见的,其轻者可能只造成"误解"的后果,但其重者则可能造成历史悲剧,如《红楼梦》曾被定性为"诲淫"之书,《水浒传》曾被定性为"诲盗"之书。

"以己之意,逆诗人之志"是正常的,但这里的"己意"不能异化成"私意"。为了避免这种异化,中国古人又提出了"论世知人"(也叫"知人论世")的理解策略。"论世知人"亦出自《孟子》:"颂其诗,读其书,不知其人,可乎?是以论其世也。"其意是说,通过阅读古人的作品(诗、书)来了解古人并与之交朋友,为此应了解和研究古人所处的社会背景。清人顾镇说,"夫不论其世,欲知其人,不得也。

不知其人,欲逆其志,亦不得也。……故必论世知人,而后逆志之说可用之"。顾镇的意思是说,每个人都是其所处历史时代的人,理解一个人(包括其所著文本)必须将其置于所处历史时代中去理解,在此前提下"逆志之说可用之";如果没有"论世知人"这一前提,那么"以意逆志"中的"己意"就有可能异化成"私意"。这说明,"以意逆志"不是"随意逆志","论世知人"是保证"以意逆志"的正确性的前提条件之一。

如何正确理解书中之意?我们必须承认,作者是历史的人,读者也是历史的人,而且书中之意也是历史的,所以"历史地看问题"应该成为正确理解书中之意的根本思想方法。孟子所言"论世知人",其实就是历史地看问题的表现之一。我们阅读古人书籍或言论,理解其意,必须以古论古,而不能以今勒古;必须把古人之言置于原文的上下文意境中去理解其意,而不能断章取义、穿凿附会,这就是历史地看问题的表现。

朱熹认为,正确理解书中之意,必须做到"虚心涵泳"。这里所言"虚心",不是现代汉语意义上的"谦虚"之意,而是"使心处于虚空状态"的意思,即把脑子里原有的东西清空出来,以为接收新的信息腾出地方来。朱熹在谈论读书法时经常谈到"虚心"问题,诸如:

> 虚心看圣贤所说言语,未要将自家许多道理见识与之争衡。

> 胸中先有旧说,为所牵制,不得虚平,故尔滞碍,枉费心力。

> 读书且要虚心平气,随他文义体当,不可先立己意,作势硬说,只成杜撰,不见圣贤本意也。

> 近世学者不能虚心退步,徐观圣贤之言以求其意,而直以己意强置其中,所以不免穿凿破碎之弊。
>
> 须一切扫去,放教胸中空荡荡地,却举起一看,便自觉得有下落处。

朱熹在这几段话中反复强调不要"先立己意",但这里的"己意"是在"己见"或"私意"意义上使用的,意思是不要先入为主地固执己见,诚如朱熹本人所言"看文字先有意见,恐只是私意"。在朱熹看来,"先立己意"就是未"虚心"的表现,即心里已满己见,因而圣贤本意无法入内。

所谓"使心处于虚空状态",就是把先入为主之见清除出去,使心保持虚空状态。用现象学的语言说,所谓"使心处于虚空状态",就是把已有的"成见""前理解""期待视野"等都暂时悬置起来,使其处于"虚无"状态,这样才能不影响"直观"本旨。由此而言,朱熹是中国历史上较早使用现象学方法的学者之一。张载说"濯去旧见,以来新意",其言"濯去旧见",其实就是"使心处于虚空状态"的意思,而这样做的目的是为了正确理解和接受"新意"。

我们知道,把已有的"成见""前理解""期待视野"等都悬置起来,乃至"一切扫去",让"胸中空荡荡地",这样的"虚心"在现实中是做不到的,是不可能的。那么,朱熹为什么还执意要求学者做到"虚心"?仔细分析朱熹使用"虚心"一词的含义,我们就会发现,朱熹是在"以空纳物"的思想方法意义上使用"虚心"一词的。所谓"以空纳物",就是"腾出地方以接纳东西"的意思,就像一辆货车,若车厢已满载,就无法再装载东西;若想装载东西,就须腾出车厢,腾出的地方越大,可装载的新东西就越多,反之亦反。可见,朱熹在读书方法上要求人们"虚心",其旨在为更多、更好地接收新信息(书中信息)清除思想障碍。这种思想方法,用孔子的话说就是"毋意,毋必,毋固,毋我"。由此我们可以说,孔子是中国历史上使用现象学"悬置"方法的第一人。可见,朱熹所言"虚心"与孔子所言"四毋",在读书方法上是相通的。

"虚心"也好,"四毋"也好,都是为了防止以"私意"乱解或曲解书中所言本意。我们要知道,书中所言本意是客观存在的,尽管人们因其开放性而做出各种"异解"。"异解"是可以的,也是不可避免的,但"异解"是有限度的,即任何"异解"都不应该是与本意毫无相干的、离题万里的"过度解释"。在这方面,别林斯基说的下面一段话,也许能给我们重要启发:

> 判断应该听命于理性,而不是听命于个别的人。……"我喜欢、我不喜欢"等说法,只有当涉及菜肴、醇酒、骏马、猪犬之类东西的时候才有可能有权威;……可是当涉及历史、科学、艺术、道德等现象的时候,仅仅根据自己的感觉和意见任意妄为地、毫无根据地判断所有一切的我,都会令人想起疯人院里的不幸病人。

正确理解书中之意,"虚心"是首要前提,其次就是"涵泳"。"涵泳"就是仔细品读之谓。涵泳可一举两得:一是有助于正确解读书中所言本意;二是有助于"切己体察",从而有利于做到"读以致用"或"为我所用"。"读以致用"或"为我所用"的读书效果,中国古人往往称为"自得"。自得是涵泳的结果,涵泳才能自得。二程的以下三段话,就是针对涵泳与自得的关系而言的:

> 学者须敬守此心,不可急迫,当栽培深厚,涵泳于其间,然后可以自得。
>
> 学者须是潜心积虑,优游涵养,使之自得。
>
> 或问:"如何学可谓之有得?"曰:"大凡学问,闻之知之,皆不为得。得者,须默识心通。学者欲有所得,须是笃诚意烛理。上知,则颖悟自别;其次,须以义理涵养而得之。"

综观中国古人所论正确理解书中之意的方法,贯穿始终的原则主要有两点:一是首先通过涵泳之功原原本本地领会书中所言本意,无论你对书中所言本意是否赞同或反对;二是在领会书中所言本意的基础上,进一步"切己体察",从而形成"自得"的效果。如果把这两方面加以综合,我们就可以把中国古人所论正确理解书中之意的方法概括为"接收→选择→接受"这样的递进关系链。这个关系链的含义是:首先接收和领会书中信息(请注意,接收不等于接受),然后通过自己的判断对书中信息加以甄别和选择(这一过程在心理学上叫"选择性理解"),最后形成自得的接受结果。需要说明的是,"自得的接受结果"可分为三种情况:零接受、正向接受、负向接受。零接受,指的是未增加信息量的接受结果,即未从书中接受到新信息的特殊情况(如只是为了背诵而读、只是为了防止遗忘而复读等);正向接受,就是从正面理解和接受书中信息,人们的读书活动大多属于这种情况;负向接受,就是在"反面教材"意义上解读书中信息,负向接受其实只是接收,而不是接受,但属于"自得"结果之范畴。

如果从主观和客观的关系角度而言,我们还可以把正确理解书中之意的方法概括为"客观地理解,主观地接受"。朱熹所要求的"虚心涵泳",其实就是指"客观地理解";而孟子和程朱等人所言的"自得"、朱熹所要求的"切己体察"以及王夫之所言的"读者各以其情而自得"等,其实都是指"主观地接受"。当然,"主观地接受"必须以"客观地理解"为前提,这样才能避免以私意乱解、曲解书中之本意的主观唯心主义弊端。

读书三定律

随着人类文明的不断进步,读书已成为人类最普遍的学习方式之一。在中国民间大众话语中,"上学"往往表示"读书",而"读书"又往往表示"学知识"。有一首儿歌叫《小二郎》,歌中唱道:小呀么小二郎,背着个书包上学堂;不怕太阳晒,不怕风雨狂,只怕先生骂我懒呀;没有学问喽,无颜见爹娘。歌中的小二郎就是小读书郎,读书郎就是上学堂去学知识的人;读书郎上学堂学知识是为了长大成为有学问的人,没有学问就无颜见爹娘,因而容易被视为不孝或不肖子孙。可见,在中国人的心目中,一个人从小就应上学读书,以期成为有学问的人,这样才能光宗耀祖。自古小孩都知道读书,读书何其平常?读书还有什么定律可言吗?在这个世界上,读书的人越来越多,几乎无人不读书,但真正知道读书规律的人并不很多,此即《周易》所言"百姓日用而不知"现象。此文以个体阅读为对象,以宏观视角谈论三个方面的读书规律,名之"读书三定律"。

定律一:读书须先立志

立志,即确立志向。读书为了什么?这一问,其实是在问读书志向是什么。尽管我们每个人自小读书时,没有一个人是首先弄清这一问题之后才开始的,但长大之后,则必须明确自己读书的目的何在。我上小学的第一天,父母就教我"见到老师要敬礼",其实我并不知道向老师敬礼的意涵是什么,长大之后才明白向老师敬礼意味着"尊敬师长",是一种礼貌之举,而且还知道了不尊敬老师是"非礼也",因而应受到道德谴责。不想受到道德谴责,就得遵守道德规范;想掌握和践履社会的道德规范,就得学习道德知识。学习道德知识的目的在于掌握和践履社会的道德规范。那么,一个人读书学习的目的或志向应该是什么?这是任何读书人都要面对的"第一问",也是读书人应该迈好的"第一步",有的人能够迈好这第一步,有的人则不能。能不能迈好这第一步,关涉读书之旅的成败。这就是读书志向的重要性所在。

如果一个人读书是为了求得文凭,那么求得文凭就是他的读书志向;如果是为了出名,那么出名就是他的读书志向;如果是因为"书中自有黄金屋"而读书,那么求得"黄金屋"就是他的读书志向,如此等等,不一而足。至此,我想提的问题是:诸如上面所举的读书志向,是高尚的志向,还是卑微的志向?是大公的志向,还是自私的志向?这说明,读书志向有一个高尚与卑微、大公与自私的分别。还可以进一步提问的是:求得文凭之后,还读不读书?出了名之后,还读不读书?得到"黄金屋"之后,还读不读书?这说明,读书志向还有一个长期坚持与半途而辍的分别问题。显然,上面所举的那些读书志向,要么是卑微的,要么是自私的,且都有可能半途而辍的弊病,因而是要不得的。

那么,我们应该确立什么样的读书志向?毋庸置疑,我们要确立高尚、大公、长远的读书志向。"为中华之崛起而读书""为改造自己而学习""为充实自己而读书""为成为明理善断的人而读书""为修齐治平而读书"等等,就是确立高尚、大公、长远的读书志向的表现。确立高尚的读书志向,才能使自己远离卑鄙与低俗;确立大公的读书志向,才能使自己走出狭隘与浅陋;确立长远的读书志向,才能使自己始终保持读书的精气神而不为眼前的得失所困扰。

在思想方法上,确立读书志向,最不可要的是所立之志过于具体。记得我小时候,常被大人们问:"孩子,长大要干什么?"我便毫不迟疑地回答说:"我要当解放军!"有时又曾回答说:"我要当警察!"稍长之后,我又曾回答说:"我要当科学家!"想当解放军或警察或科学家,固然是高尚、大公的好志向,可是有几人长大后真的成为解放军、警察、科学家?事实上必然是少之又少。一个人小时候所立志向,之所以长大后大多无法实现,成为空中楼阁,就在于这种志向过于具体,在复杂多变的社会环境中往往无法或无力兑现。这就告诉我们,确立读书志向,最好要宏远一些,而切勿过于具体。当然,所谓宏远志向,亦非指虚无缥缈的、盲目攀比的、不切实际的乌托邦式的目标,而是指具有"下学而上达"(孔子语)之可能性的、切合自身兴趣与能力的目标。

在确立读书志向上,中国古人有很好的传统,值得我们现代人借鉴和学习。孔子说:"古之学者为己,今之学者为人。"意思是说,以前的人们是为了充实和完善自己而学习,现在的人们是为了在别人面前炫耀自己而学习。宋明理学家们主张的读书志向,概括地说就是"读书以穷理",而大多数儒家文人们概括的读书志向是"读书以明道"。从内涵上说,理即道,所以"读书以穷理"和"读书以明道"是一个意思。如果去除其中的"穷天理,灭人欲"的封建糟粕,那么这种"穷理"或"明道"的读书志向,亦可适用于现代人。所谓"读书以穷理"或"读书以明道",用现代的话来说就是:读书为了多明白道理。这里所言"道理",包括物理、事理、人理。这种"多明白道理"的读书志向,已经包含了高尚、大公、长远之义,且避免了过于具体的弊病。

读书之所以要先立志,是因为立志能够解决读书的动力问题。所以,"读书须先立志"与"读书须有动力"具有等价意义。读书的动力,主要表现为持之以恒、刻苦勤读的毅力,在此意义上说,读书的动力也就是读书的毅力。毋庸置疑,没有或缺乏毅力的读书,难免持恒不足、半途而废的结局。诸葛亮说"非淡泊无以明志","非志无以成学"。读书要有淡泊之志,没有这样的淡泊之志,读书学习就难免掉入急于求成的短视陷阱,便不能久久为功,锲而不舍,从而达到预期目标。墨子说"志不强者,智不达",一个人如果志向不坚定,那么他的智力和智慧的潜能便因缺乏毅力而得不到充分的开发。一些人天赋智商很高,但真正发挥且成功的人却不多,之所以如此,"志不强"是其中重要原因之一;反过来,很多人天赋智商不高,但却依靠坚强的毅力,刻苦勤读,勉力拼搏,最终取得辉煌成就。所以,人们常说"有志者事竟成",这是千古经验的总结,无可否认。这就是"读书须先立志"的重要性所在。

定律二:读书须先正心

"读书须先立志"与"读书须先正心"紧密相关。立志解决的是动力问题,正心解决的是动力的方向问题。正心如同方向盘,保证动力驶向正确的目标。一旦方向错误,必然造成"满盘皆输"的结局。

《中庸》曰:"欲修其身者,先正其心;欲正其心者,先诚其意。"汉语成语"正心诚意"由此而来。在这段话中,实际上隐含着两个使动词——使心正和使意诚。通过使心正和使意诚,保证修身的正确方向,这是《中庸》这段话的整体意义所在。不仅如此,《中庸》作者认为,意诚是心正的前提,因此《中庸》还有一句话叫作"诚则明",意为诚实无妄就能明白——明白如何把准方向,同时又明白如何去做。

"正心",显然是一个心理学概念;对读书人而言,正心属于"心态"范畴。读书人要保持正确的心态,这是读书人能否读成"正果"的前提条件。读书人要立高尚、大公、长远之志,就是读书心态正确的表现。常言说"心态决定一切",正指此意。朱熹说的"心不公底人,读书不得"一语,也是指此意。至此,我想起了周汝昌先生说的下面一段话,对我们有很好的启发意义:

> 读书治学,所为何事?要弄清楚。如果不是为了寻求真理,心境不是纯真高洁,而一心为了找一个"终南捷径",抓个"热门"题目,躁进浮夸,假学卑识,只为捞取个人的名位利禄,那就是另外一回事,与真正的学术没有共同之处。为学要诚,用心要洁,品格要高,虽不能至,也必须"高山仰止,景行行止"。

"为学要诚,用心要洁,品格要高",这样的心态,才是读书人应该追求和确立的"正心诚意"的心态。反过来,那种不寻求真理而一心想找终南捷径、抓热门赶时髦、捞取名位利禄等,皆为心不正之表现。

一个人一旦确立正确的读书心态,就要把它确定下来,并长期坚守不渝。在此意义上说,定心就是正心。由此而言,"读书须先正心"与"读书须先定心"具有等价意义。朱熹说"心不定,故见理不得。今未要读书,且先定其心,屏去许多闲思乱想,使心如止水,如明镜"。受到朱熹这段话的启发,明末清初人李颙进一步发挥说:

> 学问之要,全在定心;学问得力,全在心定。心一定,静而安,寂然不动,感而遂通,廓然大公,物来顺应,犹镜之照,不迎不随。

一个想做学问的人,必须先定下"将学问进行到底"的决心,而且还要以坚韧的毅力保证这一决心"寂然不动",对俗人俗欲、杂事杂务"不迎不随",坚守自己的独立人格,以"风前莫作墙头草,雪中应学山上松"的傲骨心态,堂堂正正做学问。对此,清初人汤斌有言:"今人为学,须持心坚牢,如铁壁铜墙,一切毁誉是非,略不为其所动,乃可渐入。若有一毫为人的意思,未有不入于流俗者。"定心或正心为何如此重要?对此清代人张履祥说:"读书先要正其心术。心术者,如木之根,谷之种。根先坏,千枝万叶总无着处;种是稂莠,栽培滋养,适为害耳。"其中的稂和莠,都是形状像禾苗却妨害禾苗生长的杂草。张履祥这段话的意思是说,心正与不正,如同树木的根系或谷物的种子,如果根系已坏,枝叶就无法繁盛;如果种子是稂或莠,那么越是对其栽培养育,反倒越是对谷物成长有害。至此,我们每个读书人,都应该扪心自问:我的读书心态是正还是不正?是不是如同已坏的树木根系,无法使枝叶繁盛?是不是如同稂或莠,对谷物成长有害?

读书人确立"读以明道""为改造自己而学习"的正确心态(定心),才能做到"不以物喜,不以己悲",才能战胜患得患失的杂念干扰,从而做到专心致志、从一而终,把读书进行到底。反观今世之人,由于心不定,在读书学习过程中,遇到杂事缠身、读不懂、成果难发表等困难便想回头,灰心丧气,最终半途而辍。因此,我们可以总结出这样一句读书劝言:读书须心定,心不定者莫读书;或者说,读书须心正,心不正者莫读书。

概括地说,读书有两方面的价值,一是求知成才的价值,二是立德修身的价值。现代的人们大多把眼光只限于求知成才的价值,而忽视或忽略立德修身的价值。殊不知,立德修身是读书的首要价值,缺失立德修身,就不能保证求知成才的"正能量"方向,极端情况下很可能走向"负能量"方向。这里所言"缺失立德修身",其实就是读书心态不正的结果。

对人的读书学习而言,重求知本身无可厚非,但不应由此轻做人。重求知和重做人并重,才是正确的教育方法,也是正确的读书态度。对此,梁启超在一次讲演中说:

> 问诸君:"为什么进学校?"我想人人都会众口一词的答道:"为的是求学问。"再问:"你为什么要求学问?""你想学些什么?"恐怕各人的答案就很不相同,或者竟自答不出来了。诸君啊!我替你们回答一句罢:"为的是学做人。"你在学校里头学的什么数学、几何、物理、化学、生理、心理、历史、地理、国文、英语,乃至什么哲学、文学、科学、政治、法律、经济、教育、农业、工业、商业等等,不过是做人所需的一种手段,不能说专靠这些便达到做人的目的,任凭你把这些件件学的精通,你能够成个人不成个人还是个问题。……你千万别要以为得些断片的智识,就算是有学

问呀。我老实不客气告诉你罢:你如果做成一个人,智识自然是越多越好;你如果做不成一个人,智识却是越多越坏。

法国学者蒙田在《论学究式教育》一文中说:"一个人不学善良做人的知识,其他一切知识对他都是有害的";"知识是良药,但是不管什么良药,因药罐保存的质量差,都会变质失效。"

上引梁启超和蒙田的话,都是针对"求知"与"做人"的关系而言的,即都是针对为学态度而言的,其所言之理至今仍然适用。至此,我们可以得出这样的读书劝言:读书须先学做人,做人一关不过,求知亦无益。这里所言"做人一关不过",其实就是读书心态不正的结果。

定律三:读书贵博贵精尤贵通

《中庸》第二十六章曰:"博厚则高明。"意思是说,广博深厚就能高明。《中庸》第二十章又云:"博学之,审问之,慎思之,明辨之,笃行之。"意思是说,人要广泛地学习,详细地求教,审慎地思考,明晰地辨别,切实地践行。《中庸》这里所言学、问、思、辨、行次序,被朱熹确认为"为学之序"。此为学之序以"博学"为引领,由此足见《中庸》作者以及朱熹对"博学"的重视。

朱熹在阐释《中庸》所言"博学"之义时说:"学之博,然后有以备事物之理。……盖君子之于天下,必欲无一理之不通,无一事之不能,故不可以不学,而其学不可以不博,及其积累而贯通焉。"当然,在现实生活中,博学达到"无一理之不通,无一事之不能"程度的人是不可能存在的,之所以如此要求,是为了激发人们"知其不可而为之"的勉力奋斗精神。

博学须阅读各类书籍,须具有蔡元培所言的"兼容并包"意识。兼容并包的读书学习,有一个非常重要的好处,就是有利于读书人拓宽知识面。博学的衡量标准之一就是知识面的广狭程度,能够称为博学的人,必须具有较宽广的知识面。

知识面广的人,往往考虑问题比较全面,言行不走偏锋,能够左右逢源,适中合度,综合能力与适应能力均较强,一般不会以一孔之见固守偏执。季羡林先生认为,从事学问的人应该从四个方面下功夫:理论、知识面、外语以及汉文。理论属于识,知识面属于学,外语和汉文属于才;综合起来说,从事学问的人要有才、学、识三大方面的功夫。谈到知识面问题时,季羡林先生指出:

> 要求知识面广,大概没有人反对,因为,不管你探究的范围多么狭窄,多么专门,只有在知识面广博的基础上,你的眼光才能放远,你的研究才能深入。这样说已经近于常识,不必再做过多的论证了。我想在这里强调一点,这就是,我们从事人文科学和社会科学研究的人,应该学一点科学技术知识,能够精通一门自然科学,那就更好。今天学术发展的总趋势是,学科界限越来越混同起来,边缘学科和交叉学科越来越多。再像过去那样,死守学科阵地,鸡犬之声相闻,老死不相往来,已经完全不合时宜了。此外对西方当前流行的各种学术流派,不管你认为多么离奇荒诞,也必须加以研究,至少也应该了解其轮廓,不能简单地盲从或拒绝。

季羡林先生在此把"知识面广"的意义说得很清楚、很直白了,尤其是先生对"死守学科阵地"的不屑与否定态度,对那些实为以蠡测海、管中窥豹却自认为见多识广的人而言不啻是莫大的嘲讽与警示。著名历史学家、长篇历史小说《李自成》的作者姚雪垠亦曾指出:

> 治学必须要读书,读书必须要多。读书不多你怎么好做学问呢?做一个文学家、作家,同样需要多读书。……读书方面要广,不能太窄。……至于专门从事学术研究,那就更需要多读书,力求广博。只有你的底子打得宽,你将来才能够目光四射,触类旁通,许多问题到你心中都变成整体的一部分,而不会把孤立的片面的问题当成整体。

博学固然重要,因为它能够为一个人的整个学识奠定知识基础。但是,博学亦有方有序,不可漫无边际、无所重点、毫无章法地乱读乱学。广读博学中也要有所重点,这个重点,首先指自己所从事或所喜欢的学科专业方向。把读书学习的主要时间和精力放在自己所从事或所喜欢的学科专业及具体的研究方向上,就是专精的表现。老子说:"少则得,多则惑,是以圣人抱一为天下式。"老子的意思是说,少取才能多得,贪多反而祸乱,所以圣人坚守少与多的辩证关系之道而成为天下的楷模。读书亦然,须正确处理博学之"多"与专精之"少"的辩证关系。

如果一个人的读书学习只有博学之基而无专精之果,那么这种读书学习只能视为只开花而不结果的果树——好看但不中用——如同只见厚实地基而不见砌墙造房一样。

读书的基本要求是博学与专精,读书的最高境界在于博通与精通。博通与精通的境界具体表现为道理通、视野通、思想通、方法通、行事通,此为读书的"五通"境界。通则不自蔽、不武断、不迂腐、不固执、不守旧("五不"),从而能够避免"书呆子"之果。

从以上可知,读书贵博,亦贵精,要把博学与专精结合起来,同时并进,其目的是为了达到"通"的结果。这就是"读书贵博贵精尤贵通"的道理。"读书贵博贵精尤贵通"之语,是清末人张之洞首先提出来的。张之洞的《輶轩语·语学》有一专篇,名曰"读书贵博贵精尤贵通",其文如下:

> 该贯六艺,斟酌百家,既不少见而多怪,亦不非今而泥古,从善弃瑕,是之谓通。若夫偏袒一家,得此失彼,所谓是丹非素,一孔之论者也。然必先求博,则不至以臆说俗见为通;先须求精,则不至以混乱无主为通。不博不精,通字难言。

这段话的前半部分说的都是学之不博导致的弊端表现,如"少见多怪""非今泥古""偏袒一家""是丹非素""一孔之论"等;后半部分点出了求博与求精的必要性。求博才能避免"以臆说俗见为通"的主观偏见,求精才能避免"以混乱无主为通"的无重点的杂博;不博不精就达不到通达的境界。

在博学、专精、通达三者中,博学是基础,没有博学之基础,无以实现专精,更无以达到通达的境界。但博学不能漫无边际、毫无重点,为博而博,尤其在"术有专攻"的当今时代,必须做到博中有专,专中有博,博专相济。博专相济的目的是为了达到博通与精通的境界,而做到博通与精通相结合的人,才能称为"通才"。

　　读书须先立志,一旦立下正确之志,读书就能有源源不断的动力,就能使你保持坚强的毅力,把读书进行到底。读书须先正心,一旦正心,就能把准读书的"正能量"方向;一旦正心,就能定心,心定才能做到专心致志,学有所成。读书须求博学,博学才能奠定宽广而又厚重的学识基础;读书须求专精,专精才能保证学有所长,以长制胜;读书须博学与专精相济,才能达到通达的境界。

论中庸与中国人

汉语中的"中庸"一词,来源于《中庸》一书之名。《中庸》被认为是孔子之孙孔伋(字子思)所作。其实,《中庸》原本只是《礼记》中的一篇,自从朱熹作《四书章句集注》之后,便成了"四书"之一。

朱熹在《中庸章句》篇题下对"中庸"词义做了这样的界定:"中者,不偏不倚、无过不及之名。庸,平常也。"中庸,其实就是哲学上所讲的"度",即中庸乃"不过度"之意。

《中庸》原文,只对"中"的含义做了解释,而未对"庸"的含义做解释。《中庸》原文对"中"的释义是:"喜怒哀乐之未发,谓之中;发而皆中节,谓之和。中也者,天下之大本也;和也者,天下之达道也。致中和,天地位焉,万物育焉。"可见,子思在解释"中"之义时,与"和"之义连在一起,最后形成"中和"一词。由此而论,所谓"中庸之道",实际上是"中和之道"。若此,所谓"中庸之道"或"中和之道",指的是将事物的两端或两极融合(和)起来,使其处于"无过不及"的"中"的状态,这种道理称为"中庸之道",简称"中道"。这说明,"中"是道本身("大本"),而"和"是使人们的认识达到中道的途径或手段("达道")。可见,"中和"以及"中道"乃目的与手段融合为一体之称谓。

以上是我对"中"以及"中庸之道"概念的粗浅认识,不知然否。

我写此文,当然不是在研究《中庸》思想,因为研究《中庸》思想是哲学家们的事情,我不是哲学家,所以不敢班门弄斧。我想谈的是,中庸之道的性质及其对中国人的思维方式的影响问题。

我们知道,雅斯贝尔斯提出"轴心时代"概念,西方思想界又有一个"哲学的突破"命题。现代的大多数中国学者认为,在中国历史上,春秋战国时代乃至先秦时期最具"轴心时代"特征,因为在这一时期已经形成有影响并制约其后两千多年历史进程的若干思想基因,如天人合一观、阴阳五行观、纲常伦理观、心性论、修齐治平观等等。若单从思维方式或思想方法角度去考察,我认为,"中庸之道"的确立是我国"轴心时代"所奠基的最具影响力的、最具中国特色的"哲学的突破"。

与西方世界的"哲学的突破"相比,中国的"中庸之道",既不是宗教思维方式的产物,也不是巫术迷信之"误识"的产物,而完全是基于人文理性的、极具实践智慧的辩证思想方法体系。如果说,西方哲学是主客二分的"逻各思"智慧之学,那么,"中庸之道"是中国人的主客不分的实践性智慧之学,是具有中国特色的辩证法哲学。

子思作为孔子之孙、思孟学派的代表人物,必然多继承孔子思想,当然包括继承孔子的中庸思想。孔子称《关雎》"乐而不淫,哀而不伤";孔子主张统治者对待人民应"惠而不费,劳而不怨,欲而不贪,泰而不骄,威而不猛";《左传·昭公二十年》引孔子语说"政宽则民慢,慢则纠之以猛。猛则民残,残则施之以宽。宽以济猛,猛以济宽"。孟子说"可以仕则仕,可以止则止,可以久则久,可以速则速"。这里所引孔、孟之语,显然都具有明显的"叩其两端""允执厥中"

"执两用中"的中道思想。

我们所熟悉的孔子所言"四毋"——"毋意,毋必,毋固,毋我",其实也是从中道思想立意的,因为这"四毋"是针对过度的意、必、固、我而言的,而过度的意、必、固、我就违背了"无过"的中道要求。

孔子认为,中庸之道是一种"至道",如其所言"中庸之为德也,其至矣乎"。在我看来,孔子的"六言六蔽"最具中道意涵:

> 好仁不好学,其蔽也愚;好知不好学,其蔽也荡;好信不好学,其蔽也贼;好直不好学,其蔽也绞;好勇不好学,其蔽也乱;好刚不好学,其蔽也狂。(《论语·阳货》)

显然,孔子所谓"六言六蔽"实际上是六对范畴,即"仁—愚""知—荡""信—贼""直—绞""勇—乱""刚—狂"这六对范畴。孔子对这六对范畴,都做了"叩其两端"的中道阐释,即揭示了过度的仁、知、信、直、勇、刚,容易带来愚、荡、贼、绞、乱、狂的结果的道理;之所以出现这种六蔽之害的原因就在于"不好学",即不好学导致了愚、荡、贼、绞、乱、狂的结果,从而违背了"无过"的中庸之道。

荀子作为先秦儒家大员之一,当然也主张中道思想,如其言"见其可欲也,则必前后虑其可恶也者;见其可利也,则必前后虑其可害也者;而兼权之,熟计之,然后定其欲恶取舍,如是则常不失陷矣";"凡人之患,蔽于一曲,而暗于大理"。"兼权"即"叩其两端";"蔽于一曲"即未做到"叩其两端",亦即属于"无过不及"中的"不及"情形。

宋代学者石介著有《中国论》一文。他在文中说道:

> 夫天处乎上,地处乎下。居天地之中者曰中国,居天地之偏者曰四夷。四夷外也,中国内也。……四夷处四夷,中国处中国,各不相乱,如斯而已矣,则中国中国也,四夷四夷也!

石介从地理位置以及文明开化程度区分中国与四夷的不同。现代的人们都知道,地球是圆的,各个国家所处位置并不存在内与外之别。从处上与处下、处中与处偏以及处内与处外的角度界定中国之"中"之义,这是石介的视角和观点,从现代的地理学知识而言,不具科学意义。如果让我说,我更愿意从中国先贤特有的思维方式或思想方法角度界定"中"之义,即中国人在思维方式或思想方法上极具"中庸"特色。

"中庸"之思维方式或思想方法,如同遗传基因一般,几千年代代相因,锁定了中国人的基本性格特征和认知模式。中国古人,一生下来就被抛入"中庸之道"的思想世界之中,吸吮中庸之乳,形塑中庸人格,不知不觉中一步一步成长为具有中庸思维特质的人。按照中国古人的说法,这是"天命","天命之谓性",无可逃遁。我们很难想象,一个不具有中庸思想、不懂得中庸之道的人能够具有中国人的特质。

我们知道,"天人合一"观,也是古代中国人所创发出来的、极具中华文化特质的重要命题。钱穆先生在其生命中的最后一篇文章《中国文化对人类未来可有的贡献》中说:"中国文化过去最伟大的贡献,在于对'天'与'人'关系的研究。中国人喜欢把'天'与'人'配合着讲。我曾说'天人合一'论,是中国文化对人类最大的贡献。"此话确然。中国人喜欢把"天"与"人"配合着讲,而西方人却将

"天"与"人"分离着讲。天人合一,意味着天与人和合包容,融为一体,不存在以谁为中心的问题;天人分离,则意味着天人对立,主客二分,以主宰客,由此必然形成"人类中心主义"思想。这就是中国文化与西方文化的迥异之处。

其实,"天人合一"与"中庸之道",虽各自立意角度不同,但两者在思维理路上是相通的。"天人合一"观主张天与人之间的和谐相处,相互适应,以达到生生不息的和谐生态。这实际上就是"叩其两端"的中庸生态观,即天与人之间保持"无过不及"关系,从而保持和谐共生状态的中道思想。

如果说,"天人合一"是人与自然关系的相处之道,那么,孔子所说的"君子和而不同",则是人与人之间关系的相处之道。如同"天人合一"观中蕴涵中庸之道一样,"和而不同"观中也蕴涵中庸之道。所谓"和而不同",就是在保持自我独立人格、独立观点的同时,还要想到他人的存在(此为"他者伦理"),因而还要尊重他人的独立人格、考量他人的独立观点,在相互尊重和平等基础上协调或化解"不同"之处,最终保持人与人之间的和谐共处。毋庸置疑,"天人合一"和"和而不同",体现了中国先贤处理自身与自然的关系、自我与他者的关系的理性智慧。不仅如此,"天人合一"和"和而不同"的思想,对如今的生态文明建设以及人际、国际之间的和谐共处,仍然具有常提常新的警示与启发价值。这就是中国先贤留下的中庸思想传统的当代价值所在。

物极必反,事极必败。这里的"物极""事极",其实就是未做到"叩其两端"之中庸之道的表现。

需要指出的是,中庸是一种思维方式或思想方法,而不是具体而微的处事技法。因此,所谓"叩其两端""允执厥中""执两用中"

"无过不及"等中庸之语,不具有"中间"或"平均"之意,更不具有左右逢源的圆滑或无原则立场之意。这是我们今人正确理解和传承中庸思想需要注意的地方。总之,中庸思想是中国先贤遗留给后人的重要的思想方法遗产,是中国人对人类所做出的重要的思想与智慧贡献。我们中国人应该以传承中庸智慧而感到光荣和自豪。

论形式与内容

形式与内容,是一对哲学范畴。形式有程式与仪式之分。

所谓"程式",指为郑重其事而采用的较固定且常用的表意格式或程序。这样的格式或程序很多,如西方人论理讲究"大前提—小前提—结论"之程式;中国人写议论文讲究论点、论据、论证三要素,写律诗讲求律格(如对仗、押韵等),写上行公文讲究抬头、事项、落款之程序格式;民主国家的立法行为一般遵循"议案征集→起草法律条文(草案)→论证和讨论草案→公布草案条文并征求意见→修改完善条文→立法机关表决"等程序;社会上的很多公共事务,大多有议事规则、决策程序、实施步骤等方面的程序性规定;等等。有些重要的程式,往往上升为规程、标准等规定,成为必须遵循的规范性要求。

所谓"仪式",简单地说就是为郑重其事而采用的、在场的相关表意活动。在人类社会中,不同的共同体(国家、民族、部落、家族、行帮等)有各种各样、各具特色的仪式规则。即使是同一事情,不同的共同体有不同的仪式规定;即使是同一事情、同一共同体,在不同的历史时期也有不同的仪式规则。总之,只要是共同体的行为,都有其特定的仪式类型及其规则。这就是仪式的普遍性所在。仪式活动是人类的普遍性活动,仪式是社会共同体的基本组织方式之一;参与仪式活动,是个体融入共同体并实现"个体的社会化"的必要途径。由此我们可以说,人类是仪式的动物,人类社会是仪式社会。

说到仪式类型的多样性和仪式活动的普遍性,我想人们都会有感同身受的体会。古往今来,各种类型的仪式活动伴随着我们生活的始终。出生满月有宴请仪式;长成成人有冠礼仪式;成婚有婚礼仪式;辞世有丧葬仪式;公祭有祭典仪式;封禅有祭天祭地仪式;开学有开学仪式;毕业有毕业典礼仪式;升职有就职仪式;入少先队、入共青团、入党有宣誓仪式;升旗有升旗仪式;出征有饯行仪式(沿海渔民开捕举行出航仪式也属此类);节日有节日庆典仪式;庆功有表彰授奖仪式;丰收有庆丰仪式;迎接重要客人有迎宾仪式;大型会议有开闭幕式仪式(大型运动会也有开闭幕式仪式);结盟有盟誓仪式;拜师有跪拜仪式;结拜有"拜把"仪式……

稍微夸张地说,人类社会无时不有仪式,无处不有仪式;仪式就是我们,我们就是仪式。

上文在给"程式"和"仪式"下定义时,都用到了"郑重其事"和"表意"两个词,说明"郑重其事"和"表意"是形式的要义所在。表意过程也叫"表征"。在人类社会中,为什么很多事情都要讲究形式?就是为了表达对"其事"的"郑重"态度,同时通过这种态度表达特定的意义。所以可以说,任何形式都是一种表意符号。从符号学或语言学角度而言,形式是一种能指符号。从形式与内容的关系而言,"表意"中的"意"就是内容,"表"就是形式;"意"之内容及其性质,决定"表"之方式及其程度。简单地说,就是"意"决定"表"。

在表意过程中,必然有一个"表"与"意"之间的吻合程度问题。理想的吻合程度,当然是指两者之间处于恰到好处(中庸)的状态。"表意"显然是动词,其中"意"是受动的一方,"表"是施动的一方。所以,两者之间吻合程度如何,主要取决于"表"的方式及其程度。我们知道,儒家的"中庸"概念,指的是"无过无不及"("过犹不及")的状态。所以,"表"与"意"之间的关系,除了恰到好处(中庸)的理想状态之外,还有两种情形:一是表不达意,二是过度表意。

所谓表不达意,指的是表征形式过于简单或不对路,从而未能取得"郑重其事"的效果和准确表达意义的目的。所谓过度表意(在诠释学中称"过度诠释"),指的是表征形式过度渲染或表意过剩,从而造成"喧宾夺主"结果的情形。后现代主义者们往往把形式遮蔽内容、形式侵夺内容的过度表意做法,称为"能指的暴力"。热衷于过度表意的形式,从而使形式遮蔽内容的行为方式,我们往往称为"形式主义"。显然,我们既要避免表不达意,更要反对过度表意的形式主义。

还有一类形式主义,我们应该戒除。例如:在非正式的民间宴会中,如朋友相聚吃饭,如果非要按照官职大小排列席位,显然是一种没有必要的形式主义做法。这种形式主义,会在无形中助长官僚主义。我们要知道,不是任何事情都有讲求形式的必要,就像我们在写文字作品时,不是所有的句子都必须要有主语,因为无主句也能表达意义。试想,在我们的日常生活中,类似像朋友宴席中按照官职大小排列席位的形式主义做法,还少吗?

谈哲学

读过我的学术论著的人可能都有一个印象,即我的学术思维大多有哲学思考的痕迹。我确实一直保持哲学思考的习惯,尽管我的哲学水平比起那些哲学专业出身的人相差十万八千里。

说实话,我自己也不知道我为什么喜欢哲学。不过有一点可以肯定,我是从中学政治课中知道"哲学"这个词语并开始萌动"哲学思考"的。上中学时,很多学生不喜欢上政治课,但不知怎的我却喜欢上政治课,主要原因就是因为其中有马克思主义哲学部分的内容。其实我当时并不大清楚"马克思主义"以及"马克思主义哲学"是怎么回事,只是对其中的对立统一规律、量变质变规律、否定之否定规律感到特别的神奇,觉得其中有很深奥的道理,一下子触发了我的好奇心。我的"哲学种子"就是这么种下来并生根发芽的。

也许是因为我是从学习马克思主义哲学开始接触哲学知识,所以我起初阅读的哲学书籍大多是西方哲学著作。从古希腊哲学、德国古典哲学、西欧近代哲学到现代的存在主义哲学、哲学诠释学、哲学人类学、科学哲学等著作,我都涉猎过。大概从20世纪80年代后期始,我又开始阅读中国哲学书籍,从先秦哲学、汉唐儒家学说、魏晋玄学、宋明理学到清乾嘉朴学等方面的著作,我也喜读不辍。同时为了更加全面地了解和把握中西哲学思想的异同,我又阅读了较多中西思想比较方面的著作。以上就是我的哲学知识"家底"概况。

通过长年的阅读学习,我对哲学有了一个总体印象:

——哲学思维是探究和把握事物本质的最佳思维方式;

——无论从事哪一门学科或专业的研究,都可以进行哲学思考,通过哲学思考所得出的成果或结论更具思想性、逻辑性和创新性;

——哲学思考并不神秘,更不高不可攀,大到人生价值问题、小到日常生活,都可进行哲学思考,只要在终极意义上进行思考就是哲学思考;

——哲学是爱智之学,它是一种思想方法论,而不是具体而微的知识和技法,更不是立竿见影的某种"速效"之方。

哲学思维或哲学语言是抽象的,因而哲学被称为"形而上学"。不过,抽象的方式方法是多样的。西方人注重抽象的本体论思考,由此形成"抽象的形上学"传统,中国人则注重具象的本体论思考,由此形成"具体的形上学"传统。

西方哲学中常出现的"主体与客体""物质与精神""时间与空间""存在与意识""现象与本质""理论与经验""理性与情感""文本与诠释""语言与实在"等等,都是"抽象的形上学"范畴。

中国哲学中常出现的"性""命""道""理""德""礼""诚""中庸""天地人""阴与阳""名与实""仁与义""善与恶""体与用""知与行""博与约""文与质""治与乱""内圣与外王""无为而无不为""文以载道""以意逆志""知人论世""得意忘言"等等,都是"具体的形上学"范畴。

"具体的形上学"与"抽象的形上学",代表着中西思维方式的各自特征,从而是中西思维方式的差异所在。

马克思说过,"任何真正的哲学都是自己时代的精华,……它是文明的活的灵魂"。哲学是时代的精华和灵魂,所以,要想了解某个时代的精神,就必须了解那个时代的哲学。时代造就哲学家,哲学家引领时代精神。每个民族在任何时代都不能没有自己的哲学家;贡献出优秀的哲学家,是民族觉醒与文化自信的重要标志。

恩格斯说"一个民族想要站在科学的最高峰,就一刻也不能没有理论思维",这里所言的"理论思维"当然包括哲学思维。由此而言,进行哲学思考,是民族的责任,更是作为民族之一分子的个人的责任。

1958年,《大英百科全书》用四页篇幅介绍孔子及其哲学,由此可见孔子在世界文化史上的杰出地位。这是中国人的骄傲。不过,我更关心的一个问题是:我们以后还能贡献出孔子吗?我想一定会,其前提是我们必须"不忘初心,砥砺前行",而且必须更加努力"上下而求索"。

哲学是什么?我不大喜欢教科书或辞典里说的那种标准的哲学定义,反而喜欢个性化的、发散性的哲学定义。在我看来,哲学就是对天地人、真善美的终极思考,或者说,哲学就是教人如何思考终极问题的智慧之学。

我喜欢德国思想家雅斯贝尔斯对哲学的发散性认识:

> 哲学的真谛是寻求真理,而不是占有真理。……哲学就是在路途中。……哲学不是给予,它只能唤醒。

是的,哲学必然寻求真理,但不是为了占有真理,更不是为了垄断真理、终结真理,而是为了让真理"在路途中"永无终结地发展下去。哲学的功用不在于给予人们某种具体的东西,它的功用在于唤醒人的头脑——唤醒昏昏然的病态精神,唤起人们对天地人进行终极思考,唤起人们对真善美与假恶丑的甄别意识。

我甚至还喜欢这样的哲学定义:"哲学原就是怀着一种乡愁的冲动到处去寻找家园。"是的,乡愁是一种心绪,这种心绪促使我们日夜思念家园,但这里的家园与其说是生我养我意义上的故乡,不如说是一个人能够安顿身心的精神家园;"我生本无乡,心安是归处",这个"归处"就是精神家园。动物无乡愁,人却有乡愁,人是带着乡愁走向年老的动物。从乡愁冲动到寻找家园,这是人人心中有、口中无的普遍心绪,因而也是一种普遍真理,揭示和描述这种普遍真理,其实就是在进行哲学思考。

中国中央电视台大型纪录片《记住乡愁》有一首片头曲,歌词如下:

> 多少年的追寻,多少次的叩问,
> 乡愁是一碗水,乡愁是一杯酒,
> 乡愁是一朵云,乡愁是一生情。
> 年深外境犹吾境,日久他乡即故乡。
> 游子,你可记得土地的芳香,
> 妈妈,你可知道儿女的心肠。
> 一碗水,一杯酒,一朵云,一生情。

"年深外境犹吾境,日久他乡即故乡",为何称"他乡即故乡"?

因为日久他乡亦可安顿自我身心;能够安顿身心处,不仅是地理意义上的故乡,更是精神意义上的家园;对这种精神家园的不停"追寻"和"叩问",就是哲学意义上的终极思考方式。

我们每个人不可能都成为哲学家,但我们每个人都可以成为有哲学素养、有哲学气质的人,只要你愿意进行终极思考(形上思维)。

有一种现象必须引起我们的注意和重视:世界上的杰出人物大多是具有哲学素养和哲学气质的人,甚至可以说,这些人能够取得杰出成就,就是因为他们具有哲学素养和哲学气质,自觉地进行哲学思考。

毛泽东就是一位哲学素养很高的伟人,他不仅是伟大的政治家、军事家、文学家,还是一位杰出的马克思主义哲学家。我们阅读毛泽东的论著,如《矛盾论》《实践论》《人的正确思想是从哪里来的》《关于正确处理人民内部矛盾的问题》等,其实就是地地道道的哲学论文。

毛泽东年轻时候起就酷爱哲学。1914 至 1915 年,毛泽东参加杨昌济发起的"哲学研究小组"的活动,并抄读杨昌济翻译的《西洋伦理学史》一书。杨昌济常讲一句话,就是"没有哲学思想的人便很庸俗",毛泽东就是在杨昌济的引导下喜爱哲学的。关于毛泽东读哲学书籍之多,斯诺在《西行漫记》中有一段话:"毛泽东是个认真研究哲学的人。……他读书的范围不仅限于马克思主义的哲学家,而且也读过一些西方哲学家——斯宾诺莎、康德、黑格尔、卢梭等人的著作。"毛泽东的哲学知识是广阔的、扎实的,这为他经常进行哲学思考提供了坚实的知识基础,如他所言"只有对哲学深下功夫,日新月进,才能不盲从他人是非,而有自己的独立的见解或主张";"没有哲学头脑的作家要写出好的经济学来是不可能的,马克思能够写出

《资本论》，列宁能够写出《帝国主义论》，因为他们同时是哲学家，有哲学家的头脑，有辩证法这个武器"。可见，毛泽东本人对哲学知识、哲学思考的重要性的认识是非常清醒的。

读过诺贝尔科学奖获得者传记的人们都会有一个印象，就是诺贝尔科学奖获得者当中大多数人都有哲学素养。这是偶然现象吗？肯定不是，说明哲学思维与科学思维之间存在着内在关联。

爱因斯坦可以说是经常进行哲学思考的诺贝尔物理学奖获得者。爱因斯坦十三岁就阅读了康德的《纯粹理性批判》，在大学时上的一门必修课叫《科学思想理论——康德哲学》。在大学期间，爱因斯坦还经常阅读柏拉图、休谟和叔本华等人的著作，并承认自己崇拜这三位哲学家。这说明，爱因斯坦年轻时就已经具备了良好的哲学知识修养。1908年，法国物理学家佩兰用精巧实验证实了爱因斯坦关于热现象的原子论解释，否定了当时赫赫有名的思想家马赫的反原子论观点，由此佩兰于1926年获得诺贝尔物理学奖。爱因斯坦针对当时的原子论与反原子论的争论评价说：

> 这些学者之所以厌恶原子论，无疑可以溯源于他们的实证论的哲学观点。这是一个有趣的例子，它表明即使是有勇敢精神和敏锐本能的学者，也可以因为哲学上的偏见而妨碍他们对事实作出正确解释。……（马赫）是一位高明的力学家，但却是一位拙劣的哲学家。

爱因斯坦所处的时代是经典物理学被量子力学冲击得摇摇欲坠的时代。针对这一情况，爱因斯坦说"物理学的当前困难，迫使物理学家比其前辈更深入地去掌握哲学问题"。把解决物理学的困境问题,寄托于哲学思想,这说明,在爱因斯坦看来,物理学观点的正确与否,不取决于物理学本身,而取决于物理学家们所持的哲学观点的正确与否。

丹麦物理学家玻尔以"互补原理"为主要成就而获得1922年度诺贝尔物理学奖。世界上的很多事物具有既相互排斥又相互补充的性质,这就是所谓的"互补原理"。中国古代的"阴阳相生相克"理论其实就是互补原理的经验性朴素解释。玻尔看到了这一点,所以他劝告人们应读卡普拉的《现代物理学与东方神秘主义》一书。他说:

> 难道现代科学及其所有的复杂仪器只是重新发现了几千年前便为东方圣贤所知道的古代智慧吗?……我把科学和神秘主义看成是人类精神的互补体现,一种是理性的能力,一种是直觉的能力。它们是不同的,又是互补的。……两者都是需要的,并且只有相互补充才能更完整地理解世界。

从这段话中可以看出,玻尔显然是在进行哲学思考,而不是物理学思考。也就是说,玻尔在此对事物的互补性原理进行了哲学意义上的证明。

同爱因斯坦一样,玻尔既是杰出的物理学家,也是善于进行哲学思考的哲学家。那么,对爱因斯坦、玻尔等人而言,作为物理学家的一面更重要,还是作为哲学家的一面更重要?这也许是一个很值得玩味的"斯芬克斯之谜"。

另外,玻尔在上引一段话中承认了西方理性思维与东方直觉思维之间具有互补性。如果现代的人们都能知道这种东西方思维方式之间的互补性,就有助于增进东西方国家的人民之间的相互了解和友谊,有助于促进东西文明之间的互补与互鉴,从而有助于构建人类命运共同体。

玻恩获得1954年度诺贝尔物理学奖,他坦率地承认科学与哲学之间具有内在关联,他说:

> 忙于常规测量和计算等乏味工作的物理学家都知道,他所有这些工作都是为了一个更高的课题:自然哲学的基础。我常常把自己的工作看成是对这一课题的微小贡献。……每一个现代科学家,特别是每一个理论物理学家,都深刻地意识到自己的工作是同哲学思维错综地交织在一起的,要是对哲学文献没有充分的知识,他的工作就会无效。在我一生中,这是一个最重要的思想。

玻恩的这段话,想表达的意思是:物理学思维的至高处就是哲学思维;物理学家要想取得杰出成就,必须要有哲学思维,不然"他的工作就会无效"。1914年度诺贝尔物理学奖获得者劳厄,说得更明确,他说:

> 整个科学都必须围绕哲学来活动,把哲学看成是它们共同的中心,把对哲学作出自己的贡献看成是整个科学的宗旨所在。这样,也唯有这样,面对科学的不断专门化,科学文化的统一性才能保持下去。因为倘若没有这种统一性,整个文化注定就要崩溃。

在劳厄看来,科学是哲学的"卫星",哲学是所有科学活动的中心;所有的科学活动其实都是在为哲学做贡献;科学统一于哲学,哲学为所有科学提供统一性基础。中国的理学家朱熹曾言,"宇宙之间,一理而已。天得之而为天,地得之而为地"。这里所言"一理"之理,其实就是统一万物之理的最高之理;对万物之理的分别把握,是各门科学的任务;而对最高之理的综合把握,则是哲学的任务。

华裔科学家杨振宁和李政道,也是在哲学思维的启发下取得重大科学发现成就的。1927年,物理学家魏格纳指出,亚原子粒子的宇称是守恒的。杨振宁和李政道则指出,有些基本粒子在左手系统和右手系统中可能会有不对称行为。杨振宁和李政道的猜测很快得到实验证明,即证明了弱相互作用下宇称不守恒现象的存在,由此他们二人获得1957年度诺贝尔物理学奖。杨振宁和李政道是这样描述当初他们二人的基本思路的:

> 如果发现了这种不对称,那么我们又要问,是否相应地还存在着另一类表现相反不对称的基本粒子行为,从而在更广泛的意义上,仍旧保持着总的左右对称。

杨振宁和李政道敏锐地发现,对称与守恒是事物的普遍现象,但对称与守恒并不是一律单一的对称与守恒,而很可能表现为对称与不对称、守恒与不守恒交替的动态过程。他们的这一思路显然蕴含了普遍与特殊、整体与部分、常态与非常态的对立统一的哲理思想。从某种意义上说,杨振宁和李政道是先有了大胆而又敏锐的哲学角度的思路与判断,然后才有了基本粒子很可能存在不守恒行为的判断。这是哲学思维引发科学思维的典型表现。

哲学素养给人带来的力量，在被誉为"乐圣"的贝多芬身上也得到了充分体现。贝多芬二十六岁开始听力下降，中年时已失聪，这样的人何以能创造出那么多后人奏响不息的优秀音乐作品？贝多芬曾发表如下一段自白：

> 音乐是种无形的东西，目标是向认识的王国挺进。……被包裹着的种子只有在潮湿、带电和温暖的土壤中才会发芽、思考和表现自己。音乐便是这种带电的土壤；在音乐中，我们的头脑可以思考，生活和感受一切。哲学则是头脑带电本质的结晶；哲学的目标是寻求基本原理的基础；头脑是需要借助于哲学才能达到崇高境界的。……万物都带电，它刺激头脑去创造音乐，创造流动性的、不断往外涌现出来的东西。

原来，贝多芬创造音乐不是用听觉把握其旋律之美，而是用带电的头脑即用带电的音符去"刺激"生活和人生，从而从内心流淌出一首首优美乐曲的。正因如此，贝多芬又曾说"发自内心，才能进入内心"。这种带电的头脑，就是哲学头脑；带电的音符，就是哲学语言。贝多芬创作的乐曲中的每一串音符，都是有声的哲学语言，因而能够唤起人们对人生的终极思考，即唤起人们内心深处的共鸣——深入内心，回荡无穷。是的，"头脑是需要借助于哲学才能达到崇高境界的"，贝多芬的音乐头脑是借助哲学思维达到天才境界的。由此而言，贝多芬首先是哲学家，然后是音乐家；或者说，贝多芬是会哲学思考的音乐家。

哲学就是力量！

哲学并不神秘,它就在你我的终极思考之中。

经常进行哲学思考的人,最容易成为脱俗而豁达的人。

我们不是哲学家,但我们都可以成为"凡人哲学家"。

你爱哲学,哲学就会爱你。

如何进行哲学思考?康德告诉我们说:

  有两种东西,我们愈时常、愈反复加以思索,它们就会给人心灌注一种时时在翻新、有增无已的赞叹和敬畏:头上的星空和内心的道德法则。

谈历史

历史,是一个沉重的话题,也是内容最丰富的话题。

我写此文,显然不可能全方位谈论历史问题,而只是想谈谈我们普通人应该如何对待历史问题或者应该具有什么样的历史观的问题。

一提起历史,现代的一些年轻人往往认为,那是过去的事情,与现在无关,更与未来无关,甚至认为过去是现在的"包袱"或"累赘",应该摈弃之。这种认识是极其浅陋的、无知的,甚至是危险的。殊不知,没有过去,就没有现在,更遑论未来。如果历史真的没有意义、没有价值,那么历史学、史学这种学科或学问就不应该存在,然而这可能吗?要知道,历史永远不会死,永远不会"过去",反而它永远活着,永远伴随我们前行。

人是文化的存在,同时,人也是历史的存在。

所谓"人是文化的存在",有两方面的含义,即人是文化的创造者,同时,文化又塑造着人。文化的长期发展,积淀成"文化传统"。现实中的任何人都无可逃遁地生活于文化传统之中,超脱于文化传统的人是不存在的。据此,我们可以说,文化就是我们,我们就是文化;传统就是我们,我们就是传统。

所谓"人是历史的存在",有两方面的含义,即人是历史的创造者,同时,历史又决定着人。动物没有历史意识,只有人类才有历史意识。人类社会的发展过程,就是历史形成的过程;人类社会发展不止,意味着历史在不断地生成和延续。现实中的每一个人,都无法超脱所处历史时代,这一历史时代塑造着我们、决定着我们。据此,我们可以说,历史就是我们,我们就是历史。

对人类来说,传统就是文化传统,就是历史传统。我们就生存和生活于历史文化传统之中,我们生于斯、死于斯。

历史之所以重要,就在于历史中有无尽的文化宝藏。这种文化宝藏,科学哲学家波普尔称为"客观知识",文化人类学家兰德曼称为"客观精神"。客观知识或客观精神,实际上是指人类所创造的文化成果。这里所言"客观",只具相对意义,即它不是指不依人的意志为转移的客观实在,而是指每一代人只能相遇而不可避开的先在属性。

动物只能进行自然进化,而人则可以进行双重进化,即在自然进化基础上还可以进行文化进化。这种文化进化,就是人与动物的根本区别所在。"文化进化"本身就是一个历史概念,即文化进化都是在一代接续一代的历史进程中展开的。从广义上或从根本上说,人类的历史其实就是文化史。

我们每一个人,一出生就被抛入历史文化传统之中,无以逃脱。这是一个方面。另一方面,人又不是完全被动地屈从于历史文化传统,而是积极主动地改造和创新历史文化传统,使其生生不已、日新月异。我们每个人都被历史文化传统所塑造,但同时也都创造自己的历史;我们每个人都是自己历史的创造者;我的历史我创造。这就是历史意识对人生所具有的重要意义所在。

习近平总书记经常告诫人们"不忘初心,方得始终"。这里的"不忘初心",就体现出浓浓的历史意识,提醒人们勿忘祖先和前辈们留下的优秀传统及其历史功绩,缅怀先烈,牢记使命,砥砺前行。

所谓的哲学三问即"我是谁,我从哪里来,我往哪里去",昭示的是"现在的我"是"过去的我"和"未来的我"链条中的一环的道理。这就说明,没有过去的我,就不可能有现在的我;没有"未来的我"牵引的我,是没有希望的我。一个人如此,整个人类亦如此。

过去已流逝,如何去把握?是的,已经过去的事情是无法把握的,但是可以重新审视——回顾并从中总结出得与失,以指导现在和未来的行动。历史是供人们去回顾和思考的,历史在回顾和思考中复活,复活的历史才能为人们提供"以史为鉴"的指导和帮助。这就是历史的价值所在。

复活的历史不一定是原来的历史。比起原来的历史,复活的历史可能更干瘪,也可能更丰富,甚至还可能面目全非。严格地说,历史是不可复制的,因为时过境迁之后的任何事物都会有或多或少的变化。这就是古希腊哲学家赫拉克利特说的"人不能两次踏进同一条河流"的道理所在。《三国演义》是《三国志》的复活,但两者却判然有别;《荡寇志》是《水浒传》的复活,但两者却截然有别。这样的事例很多很多。

复活的历史不一定是原来的历史,但我们不能由此掉入历史虚无主义的陷阱之中。意大利学者克罗齐说"当代性不是某一历史的特征,而是一切历史的内在特征";"历史无时无刻不在力图使自己变完善。……历史总是经常被重写,总是重写得不一样"。克罗齐认为,历史都是现在的(当代的)人们按照自己的需要编写出来的。

这就是所谓的"所有的历史都是当代史"的史观。应该说，克罗齐所言现象是存在的，但决非所有的历史都如此，更不能认为历史本身就是如此。历史以客观性为本色，以虚假性为变色。历史本身的客观性是一回事，对历史的篡改利用是另一回事。就像科学技术本身并无善恶，但利用科学技术的人却有善恶之分。

唯物史观认为，复活历史应以"复原"为基本遵循，尽管完全复原是不可能的；尊重历史事实，是历史学家应秉持的"史德"所在。我们应该对那些别有用心的篡改历史行为，保持"审问之，慎思之，明辨之"的高度警觉。被篡改的历史不是历史。历史是可以用来为现实服务的，但所用历史必须是信史，而绝不应该是伪史、改史、误史；历史是可以阐释的，但不能"过度阐释""过度演绎"，更不应该戏弄历史，而应该在尊重历史客观性的前提下适当引申和阐发，使其产生以古鉴今、砥砺前行的正向作用。

对我们个人来说，要养成历史意识，树立并坚定唯物史观。

第一，任何事物的发展都有其特定的历史，因此我们一定要学会历史地看问题的思想方法。我们观察事物，一定要将其置于特定的历史情境中，才能得到正确的观察结果，才能避免南橘北枳的错误。坚持历史地看问题，也就是坚持历史唯物主义，同时也是否定历史虚无主义。

第二，对待本民族的历史问题，要有"同情式理解"的基本价值取向。任何民族都有其特定的优秀文化传统，而不可能一无是处。对优秀的民族文化传统，我们必须传承之、发扬之，因为这是我们不忘初心、继续前进的根基所在，也是坚定文化自信的根本要求。我们可以否定错误的历史观，但我们不能错误地否定历史，更不应该数典忘祖、妄自菲薄。

第三,搞学问的人,应该多学历史知识,在历史中寻找思想的活力。从事学问的人尤其是从事人文社会科学研究的人,在知识面上应该做到博学,而博学必然要求在"古今"和"中外"两个维度上都有所涉猎或有所建树。无论是"古今"还是"中外",都涉及到历史知识、历史方法和历史视野问题。有了历史知识、方法和视野,就能为自己的学术思考提供丰富的思想资源和可靠的史料依据,从而使自己的学术思想更加厚重、深邃、接地气。

论自由

对人的生活而言,自由与幸福紧密相关。自由与幸福到底是什么关系?这是一个哲学问题。我不是哲学家,所以我无法提供哲学意义上的答案。若用一句话概括自由与幸福的关系,我想说:没有自由,就没有幸福。

那么,有了自由,就一定幸福吗?答案是"不一定"。也就是说,人有了自由,不一定幸福。一个穷困潦倒的人,一个病魔缠身的人,一个总是杞人忧天的人,一个总是患得患失的人,一个总是满腹牢骚的人,你给他多少自由,他也不会感到幸福。这说明,自由是幸福的必要或必备要素,但不是幸福的唯一构成要素。

裴多菲诗言"生命诚可贵,爱情价更高;若为自由故,两者皆可抛"。若仅从字面上看,这首诗把生命、爱情、自由三者的价值,做了依次递增排序。在此,我想提醒看官,这只是一种"诗意",而绝不是"实意"!我们在现实生活中千万不能直信这样的价值排序。即使遇到"三选一"的极端特例,也要视情况而定。取生、取情、取义之间,有着多种多样的取舍之道,要做到取之有道,舍之有义。当然,对生活在和平年代的人们而言,生命、爱情、自由都要珍视,千万不能随便"抛"一个。

帕斯卡尔说"人有太多自由反而不好"。我第一次读到这句话时,觉得不太好理解其意。在人们的日常意识中,一般都认为自由多多益善,怎么能说自由多了反而不好呢?后来仔细一想,又觉得帕斯卡尔说的这句话还是有其特定的道理。

在现实生活中,人际关系是错综复杂的,大部分情况下表现为相互影响和制约的关系。这种相互影响和制约,致使人们面对同一种资源尤其是面对那种人人有权享用的资源时,就会使这种资源稀缺起来,从而产生竞争局面。公共领域中的资源,大多就是这样一种稀缺资源。这表明,人们在公共领域中所实际享用的自由大多是竞争关系的产物。有竞争,就有一个"你多我少"或"我多你少"的问题。也就是说,一个人或一些人享用的自由的多少,会影响到另一个人或另一些人的自由的多少。这就需要有一种合理配置自由资源的规则。如果没有这样的规则,就会产生"弱肉强食"的不公平问题。如果一个人或一些人享用的自由"太多",就难免产生挤占他者自由资源的不尽公平问题。再者,一个人或一些人享用的自由"太多",有时也会出现"滥用自由"以及"自由过剩"的问题,从而产生自由的垄断或不珍惜自由价值的负面效应。以上是我对帕斯卡尔所言的"人有太多自由反而不好"之语的理解。这样的理解也许牵强附会,若有不当之处,恳请方家指正。

何怀宏先生著有《底线伦理》一书。所谓底线伦理,指的是人们应该普遍遵循且人人都能做到的基本伦理意识和规范。在我看来,自由也有一个"底线自由"的问题。所谓底线自由,就是人们应该普遍追求且能够享受到的自由权利。

那么,底线自由是绝对自由吗?如现代的人们都认为思想自由是基本人权之一,因而是绝对的,不可有任何的限制。在我看来,任何自由都不是绝对的,包括思想自由。

很多的人认为思想自由是他人无法阻挡也无法干预的,因而是绝对的。其实,这种认识判断并不确然。人都是现实的存在,也是社会的存在,因而人的一切,包括思想自由,不可能不受到自我认识以及所处社会环境的影响和制约。

首先是人的自我认识影响到自己的思想自由。例如,喜爱动物的人,不会产生虐待动物的思想意念,也就是说,"应该保护动物""应该与动物和睦相处"这样的自我认识,使其确立了"不该虐待动物"的思想意识。再如,非常喜爱自己妻子或丈夫的人,不会产生家暴恶念,也就是说,"我应该善待妻子""我应该善待丈夫"这样的自我认识,使其确立了"不该实施家暴"的思想意识。这就是"思想影响思想""思想方法影响思想结论"的道理所在。

苏格拉底说"认识你自己"。其实,在现实生活中,很多人并没有正确认识自己,或者说,能够正确认识自己的人并不多。过高评估自己从而自负的人有之,过低评估自己从而自卑的人也有之。认识自己,是最基本的自我认识。自我认识不当,就难免产生错误思想和行动。清人戴震在《答郑丈用牧书》中说做人要"不以己自蔽"。这里的"以己自蔽",就是指自我认识影响到自我思想的情形。自蔽,其实就是自我限制,也就是自己的思想限制了自己的思想。这是一种无他人干涉的自我干涉。"刻舟求剑""拔苗助长"等行为,其实就是"以己自蔽"所造成的愚蠢之举。

其次是社会环境影响到思想自由的实现。何怀宏在《底线伦理》一书中认为,人的思想自由至少需要两个条件,一是对过去的记忆和当下的经验材料,另一个是必须通过语言来进行。接着何先生对这两个条件如何影响或限制思想做了这样的解释:"社会的控制者有意识地、有步骤地修改和消灭过去,他们把过去、把历史塑造成他们所希望的样子,使思想者失去了可供比较和判断的标准。……这就是'控制过去就意味着控制现在和未来'的道理所在。……控制思想的另一个办法是消灭旧的语言和创造新的语言。……(创造新语言的)全部目的是要缩小思想的范围,最后使大家实际上不可能犯任何思想罪,因为他们将没有词汇来进行思考和向别人表达。"何先生的解释可能有不够准确和全面的缺陷,但其所言"思想自由是有条件的"这一认识是有道理的。

以上的述说,无非想说明:思想自由看似绝对,无人能够干涉,我想怎么想就怎么想,其实不然。所以我们说,任何自由都不是绝对的。

诺贝尔经济学奖获得者哈耶克,可以说是研究自由问题的专家,因为他的很多论著大多涉及自由问题,尤其是他的《自由秩序原理》一书,更是专门研究自由的煌煌巨著。哈耶克对自由的含义的界定是:一个人不受制于另一人或另一些人因专断意志而产生的强制的状态。哈耶克的意思是说,强制状态的不存在,就是自由。哈耶克这里所言的"强制"一词,与"限制""制约"等词基本同义。这说明,自由与限制总是相伴而生,如果没有限制、没有对限制的摆脱意志,自由也就无以显现其价值。由此,有人对自由的含义做了这样的界定:自由是真正懂得并严格遵守一些基本限制之后的大胆思维和行动。这正如歌德所言"如果一个人有勇气宣布受到制约,那时他就有了自由的感觉"。叔本华的说法更简洁但又更具哲学家的深度,他说:"人虽然能够做他所想做的,但不能要他所想要的"。

至于行动自由,则会受到多方面的限制。如自我行动能力、道德规范、法律规范等,都会限制行动自由。这种道理人所皆知,无须论证。

不过,当我们考虑自我行动能力对行动自由的限制时,应该考虑这种限制可否消除的问题。如一个坐在轮椅上的人,不具备靠自己的力量爬上多级台阶的能力,这时我们是否应该考虑给他提供专用坡道或专用绿色通道(如专用的电梯)设施的问题?现代城市的人行道上,铺设有盲道,就是为了消除盲人的行路困难,使其具有相应的行动自由的能力。

上面说过,自由永远与限制相伴生。我的自由观是:不正当限制被解除的状态,就是自由状态。这当然是伯林所说的"消极自由"意义上的自由。那么,什么叫正当限制,什么叫不正当限制?这是一个很复杂的"社会工程"(波普尔意义上的)问题,很难用几句话说清楚。简单地说,不正义的、强权性的、霸道性的限制,就是不正当限制,应该被解除;正义的、民主的、法治的、人性化的限制是正当限制,应该得到人们的"同意"和遵从。

另外,我还想补充说明的是:中国古人经常谈论的"慎独",其实也与自由问题紧密相关。一般认为,"慎独"一词源于《大学》的一段话中,即"此谓诚于中,形于外,故君子必慎其独也",意谓一个人在闲居独处无人监督之时,更须谨慎不苟,自觉遵守道德准则。一个人独处时,无人监督,无人影响,自然是一种自由状态。当某人说"我想自己待一会儿""我想自己静一会儿",其实是在说"我要独处一会儿""我要自由一会儿"。

独处是一种自由状态,那么一个人处在无人看见、无人监督的独处状态时可以为所欲为吗?答案显然是"不可以"或"不应该"。在日常生活中,我们会经常碰到一些人不慎独的行为,如有的人如厕（这里指公厕），觉得这里是一个相对密闭的场所，无人看见、无人监督，所以索性便后不冲水而把臭味留给他人；有的人在公厕墙壁或门上写上龌龊之语或画上龌龊图案，而丝毫不为自己的龌龊之举感到羞愧。这样的龌龊行为，实际上剥夺了人们"共同享受清洁、文明的公共空间"的自由权利。这就是一些人的不慎独行为影响甚或剥夺他人自由权利的表现。

我们知道，动物无慎独意识，而人则须有慎独意识。这说明，慎独也是人与动物的根本区别之一。由此我们可以说：不慎独者，禽兽一般。

慎独，就是一个人独处自由状态下的道德自觉。慎独既是私德的底线，也是公德的底线。慎独是一种自由状态下的底线伦理。能否守好这种底线伦理，是衡量一个人是否具有自由之德的根本标准。我们每个人都应该明白，不慎独之举是对自由之德的亵渎；想自由，须慎独！

从总的趋势上看，随着社会的发展和文明的进步，人们的自由越来越多，对自由的限制越来越少。我们很难想象，一个标榜为民主、文明的社会，其公民的自由越来越少而对自由的限制越来越多。当然，自由再多也不可能达到没有限度的程度。

还需要指出的是，"自由"与"自由主义"是两个不同的概念。"自由"是一个中性概念，而"自由主义"则是一个意识形态概念。自由不等于自由主义，崇尚自由不等于崇尚自由主义。对我们国家来说，"自由"已经写入社会主义核心价值观范畴之中，说明中国人是追求和热爱自由的。自古至今，中国人所享受到的自由越来越多，而不是越来越少，这是历史事实，不可否认。但是，我国有我国的特定国情与历史传统，我们断不可贸然移植西方人崇尚的自由主义意识形态。

  关于如何认识自由以及自由主义的问题,我有一个基本的看法,那就是:在孔子所言"己所不欲,勿施于人"一语中,已然包含着深邃而明智的自由之道。"己所不欲,勿施于人"这一恕道,是克服种种自由之弊和种种自由主义之弊的最合宜之良方。

论幸福

如果说,世界上有一样东西令所有人皆向往,那么,这种东西是什么?那就是幸福。欧文就说过,人类一切努力的目的在于获得幸福。所以我们可以这样说:人类是向往和追求幸福的动物。

然而,如果你问我幸福是什么?我还真的回答不出来,因为我确实不知道幸福的普适定义。问我幸福是什么,如同问我"天有多高"一样,无以回答真切。不过,我知道古今中外有很多人谈论过幸福,由此留下了许多关于幸福的名言名句:

马克思:那些为最大多数人们带来幸福的人,经验赞扬他们为最幸福的人。

赫拉克利特:如果幸福在于肉体的快感,那么就应当说,牛找到草料吃的时候是幸福的。

西塞罗:全部依靠自己、自身拥有一切的人,不可能不幸福。

西拉斯:不承认自己幸福的人,不可能幸福。

梭罗:任何人都是自己幸福的工匠。

拉美特利：有研究的兴味的人是幸福的，能够通过研究使自己的精神摆脱妄念并使自己摆脱虚荣心的人更加幸福。

歌德：最大的幸福在于我们的缺点得到纠正，我们的错误得到补救。

徐特立：一个人有了远大的理想，就是在最艰难的时候，也会感到幸福。

森村诚一：幸福越与人共享，它的价值越增加。

苏霍姆林斯基：最大的幸福是把自己的精神力量奉献给他人。

萧伯纳：醉心于某种癖好的人是幸福的。痛苦的秘密在于有闲工夫担心自己是否幸福。

爱因斯坦：只要你有一件合理的事去做，你的生活就会显得特别美好。

……

这些有关幸福的言论，要么从客观意义上言之，要么从主观意义上言之；要么从个体道德角度立言，要么从公共伦理角度立言。关于幸福的说法如此众多、如此五花八门，真是让人摸不着头脑。这说明，幸福都是具体的，而不是抽象的。抽象的东西，可以用某种公理性说法概括它，而幸福这种具体的东西，是无法用公理性说法一概而论的。

在此，我想提出一个概念，叫作"幸福伦理"。所谓幸福伦理，指的是幸福的合道德性。一个人所追求的幸福，不应该侵害他人的幸福权利，反而要有利于他人的幸福，这就是幸福的合道德性表现；反过来,若一个人的幸福建立在他人的痛苦或非自愿之上,便是非道德之举。也就是说,我们应该提倡或追求的是合乎幸福伦理的幸福,同时应该摒弃的是违反幸福伦理的幸福观。

幸福是具体的、主观的,但幸福伦理是客观的、公共的,至少在一个共同体的一个历史时期是客观的、公共的。幸福具有个人性,这是毋庸置疑的,但是我们还应知道,幸福还具有社会性,因为人是社会动物。因此,一些人常认为的"幸福不幸福,完全取决于个人的主观感受"之说,是一种似是而非的伪命题,因为纯粹个人感受上幸福的事情,不一定是合乎幸福伦理的事情。例如,明知某儿童为被拐卖儿童却收养该儿童,从中获得养育子女的个人生活幸福,但这种所谓幸福感受因严重违背了幸福伦理而被世人唾弃并被法律严惩。所以,严格说来,幸福应该是主观与客观、个体性与社会性和谐统一的产物或结果。

动物有动物的幸福感(尽管是本能性的),人有人的幸福观。我们千万不能拿动物的幸福感来界定人的幸福观。同理,每个族群有每个族群的幸福观,每个时代人有每个时代人的幸福观,当然,每个人也有每个人的幸福观。这就是幸福观的差异性。幸福不幸福,首先取决于幸福观。幸福观可以千差万别,但幸福伦理却在一定时期内保持大体的趋同性。托尔斯泰说"幸福的家庭都是相似的",这里的"相似",就是从幸福伦理的大体趋同性角度而言的。

人皆追求幸福,人皆想避免不幸福。不幸福的根源在哪里?应该说,不幸福的根源或缘由很多,但我想在此特别强调的是,嫉妒之心是导致一个人不幸福的重要根源之一。人是社会动物、群居动物,因而人在生活过程中总是难免进行"我"与"他"的比较,在这种比较中,一旦出现"我不如他"的感受或事实时,就极易产生嫉妒之心。所谓"我不如他",其表现形式多种多样,如相貌上的我不如他,爱情上的我不如他,工作上的我不如他,声誉上的我不如他,财富上的我不如他……

俗语言"货比货得扔,人比人得死"。这当然只是一句俗语,绝非真理之语。不过我们可以由此发问:人比人必得死吗?为什么非要与人比?不与人比是否可能?与人比必须分出高低吗?与人比必然生出嫉妒心吗?

嫉妒之心的强弱,因人因时因事而异,但嫉妒心本身人皆有之。当嫉妒心的强烈程度突破一定阈值时,必然带来无以名状、难以克制的急躁、苦恼、无助、郁闷等心理不快反应。这种心理不快,就是痛苦,就是不幸福。

我说过,嫉妒之心人皆有之。那么,由嫉妒之心引发的不幸福是不可改变的吗?或者说,有嫉妒之心就必然不幸福吗?答案显然是否定的。

对一个人而言,嫉妒之心也有其两重性。有的人能够把嫉妒之心转化为奋发努力、改变现状的动力,而有的人则只能在嫉妒之心的压抑下无力自拔,走向自卑和消沉,甚至走向自我摧残。一般情况下,人们往往视嫉妒心为"坏"的东西,然而我们要知道,"坏事可以变为好事"(毛泽东语),关键是如何正确认识和对待嫉妒之心,使其转化为正能量。

俗话说"解铃还须系铃人"。嫉妒之心只能靠自己克制和转化,别无他法。嫉妒之心不可避免,但我们一定要学会把嫉妒之心转变为羡慕之心,见贤思齐,奋发有为,而千万不可把嫉妒之心进一步演变成嫉恨之心,使自己陷入狭隘之域而无力自拔、自暴自弃。

幸福在哪里?有一首歌,歌名就叫《幸福在哪里》,歌词如下:

幸福在哪里,朋友我告诉你,它不在柳荫下,也不在温室里,它在辛勤的工作中,它在艰苦的劳动里,啊!幸福就在你晶莹的汗水里。

　　幸福在哪里,朋友我告诉你,它不在月光下,也不在睡梦里,它在辛勤的耕耘中,它在知识的宝库里,啊!幸福就在你闪光的智慧里。

这首歌词所言,虽然是文学之喻,但也确实很好地回答了"幸福在哪里"的问题。这首歌告诉我们这样一些道理:幸福不等于享受,幸福必在劳作之中;幸福不可等待,幸福只能自己争取;与其说幸福是比出来的,不如说"幸福是奋斗出来的"(习近平语)。要知道,幸福永远在路上!

我以为,与其追问幸福是什么,不如时常提问自己"我为幸福做了什么";与其羡慕他人幸福,不如以"我的幸福我做主"的心态创造自己的幸福!

论快乐

人是寻求快乐的动物。无论是物质享受的快乐,还是精神享受的快乐,人都求之若渴。

帕斯卡尔在《论痛苦与快乐》一文中指出,屈服于痛苦是可以谅解的,而屈服于快乐是可耻的。其实,帕斯卡尔的说法不完全正确。在革命战争年代,那么多仁人志士在敌人的刑讯逼供下仍然坚定不屈,大义凛然,慷慨就义,这是战胜痛苦的高尚义举;反过来,有的人屈服于刑讯逼供的痛苦,出卖组织、背叛信仰,难道这种屈服于痛苦的软弱之举是可以原谅的吗?

快乐的前提是自愿,哪怕是本能性的自愿。不自愿的事情,让你强做,你肯定不快乐。孔子所言"知之者不如好之者,好之者不如乐之者"一语,就是在这个意义上说的。

对一个人而言,婴儿时期、童年时期、少年时期、青年时期、中壮年时期、老年时期所追求的快乐的内容及其方式是不同的。这里我把婴儿时期、童年时期、少年时期的人统称为"未成年人"。

一般而言,未成年人的快乐,其主要内容为"玩之乐"。玩是未成年人的天性,应该允许他们"尽性",即应该允许他们尽情地玩,只要这种玩不危及自己和他人。某种玩是否危及自己或他人,未成年人往往判断不清,这时才需要父母、亲属、老师等成年人的提醒乃至制止的指导性干预。

人的未成年时期,是其性格与思维方式的萌生与初成时期。如果这个时期对其施加过度或不合宜的干预乃至压制,就容易导致性格扭曲、胆怯懦弱、性情孤僻、不善言语和交往等不良后果。这样的未成年人不会感受到成长的快乐,反而感受到成长的烦恼。这样的未成年人即使将来成长为成年人,也很难摆脱胆怯懦弱、性情孤僻、不善言语和交往等不良心理惯性的困扰;即使能改变,其过程也会很艰难。这说明,对未成年人而言,顺其自然、保证其"玩性",使其充分享受成长的快乐,是何等的重要。

每当我看到小学生、中学生背着沉重的书包上学,整天忙于上课、写作业,几无享受"玩之乐"的时间和精力时,心里油然生起愤懑而又无可奈何之情。对此,我想质问我们成年人:我们是否无情而又无理地剥夺了未成年人的快乐成长的权利?未成年人也完全有权利质问我们成年人:"谁动了我的奶酪?"曾几何时,还给未成年人快乐成长的权利,已然成为时代的呼声、全社会的呼声。

《吕氏春秋·诬徒》曰:"达师之教也,使弟子安焉、乐焉、休焉、游焉、肃焉、严焉。此六者得于学,则邪辟之道塞矣,理义之术胜矣。"我们现在的学校教育,是否只强调"肃焉、严焉",而忘却了"安焉、乐焉、休焉、游焉"?我们的教育工作者、社会管理者,对此应该有一个清醒的认识。

我们要知道,未成年人的玩,可以玩出健康体魄,可以玩出心灵愉悦,可以玩出友情友爱,可以玩出乐群情趣,可以玩出浪漫情怀,可以玩出独立人格,可以玩出竞争智慧……没有未成年时期的玩乐,就没有成年之后的美好回忆之欣然。

成年人其实也无不追求快乐。不过成年人所追求的快乐,多了些理性的成分。成年人在为追求快乐行为做辩护时,往往说"劳逸结合"。然而,在现实生活中,人们对如何把握"劳"的程度、"逸"的程度以及如何恰到好处地把握"劳"与"逸"的关系,并非都很清楚。

在我看来,"劳而无逸"当然不可鼓励,"好逸恶劳"更是不可要。

其实,"劳逸结合"的形式及其类型是无穷多样的,因为它是一个因人而异、因时而异、因事而异的问题。对此,我自己有一个基本的看法和做法:无论是"劳",还是"逸",都要把握好"无过无不及"的中庸之道。这个道理,如果用口语方式表达就是:干什么像什么,即劳有劳的样子——认认真真地劳;逸有逸的样子——痛痛快快地逸。

追求快乐的心理与行为本身无可厚非,但我们要考虑我们所追求的快乐是什么样的快乐以及如何追求的问题。我们必须铭记:劳而无乐,必将积劳成疾;快乐无度,必将乐极生悲。

论苦恼

烦躁、痛苦、苦闷、忧虑、焦虑、忧愁、孤独、寂寞、不如意等,皆有苦恼之意。而这种种苦恼,人皆想避之而不遇。然而,何以能避之而不遇?答案只能是:不可能!世上有避之而不遇的人或人生吗?答案只能是:没有!

苦恼何其多?有壮志未酬之苦恼,有机遇不若人之苦恼,有劳而无功之苦恼,有升迁无望之苦恼,有不被人理解的苦恼,有评不上职称的苦恼,有拿不到奖励的苦恼,有拿不到课题项目的苦恼,有考不上如意大学的苦恼,有工作单位不如意的苦恼,有失恋的苦恼,有失业的苦恼,有缺钱的苦恼,有缺伴侣的苦恼,有婚而无子的苦恼,有老而丧子的苦恼,有望子成龙、成凤的苦恼,有身患疾病的苦恼,有身高不如人的苦恼,有身材不如人苗条的苦恼,有皮肤不如人白皙的苦恼,有鼻子不如人隆起的苦恼,有眼睛未长成双眼皮的苦恼……

对现实中的任何人而言,苦恼无时不有,无处不在。对此,中国古人早有定论,曰"人无远虑,必有近忧"。范仲淹当年感叹云"居庙堂之高则忧其民;处江湖之远则忧其君。是进亦忧,退亦忧"。这

"进亦忧,退亦忧",其实不只是范仲淹一人的当年当时的感受,而是一种天下常理,即天下任何人在很多事情上都会有的共同感受,亦即"人同此心,心同此理"的普遍感受。

托尔斯泰在《安娜·卡列尼娜》开篇就说"幸福的家庭都是相似的,不幸的家庭各有各的不幸"。不幸的家庭固然各有各的不幸,但幸福的家庭就没有苦恼吗?幸福的家庭等于没有苦恼的家庭吗?答案显然是否定的。

哲学家们说,人是避苦求乐的动物。求乐,固然人皆向往,关键是何以能避苦。南宋人方岳有诗云"不如意事常八九,可与人言无二三"。按照方岳的说法,人生苦恼之事比不苦恼之事多得多。季羡林先生说"不完满才是人生",也就是说,"不完满"本身就是人生的"原生态",无可逃遁。

其实,有很多苦恼具有两重性。某事既是苦恼之事又是非苦恼之事的情况并非少见。如有的人因升迁无望而感到苦恼,但他由此避免了升迁可能带来的苦恼(如避免了"身在江湖不由己"和"高处不胜寒"的苦恼,同时他可能比升迁之人获得更多地陪伴家人的幸福),避免了的苦恼之事,也就是非苦恼之事。再如,身材高大有其优势,但也有其劣势;身材矮小有其劣势,但也有其优势。这就是中国古人所说的"尺短寸长"的道理。老子所言"福兮祸所伏,祸兮福所倚",也有这个意思。

中国古人说,"居不幽者志不广,形不愁者思不远。古之圣贤,皆遇困厄之难,蒙不赦之耻"。"遇困厄之难,蒙不赦之耻"固然是极大的苦恼,然而这种苦恼往往成为一个人奋发图强,走向圣贤的必要途径。鲁迅说"不在沉默中爆发,就在沉默中灭亡",同理,不在苦恼中奋发,就在苦恼中消沉。

什么叫苦恼？苦恼是一种心理现象，苦恼不苦恼，全在于心态。如有的人认为某事是苦恼之事，而另外的人则可能认为不是苦恼之事。即使人们都认为某事是苦恼之事，但人们对此苦恼之事的态度却可能千差万别。如有的人因自己身材矮而苦恼，邓小平同志也是身材矮的人，可他曾对人说，身材矮有它的好处：天塌下来有高个儿顶着！邓小平的这种胸怀、这种心态、这种智慧、这种幽默，可谓"化矮小为高大""化苦恼为快乐"，这就是伟人的非凡气度，何有苦恼哉？！

孤独是一种苦恼。中国古人说"幼而无父曰孤，老而无子曰独"。这是词源意义上的"孤独"之义。现代意义上的孤独，主要指一个人独处时的孤立无助或寂寞难耐之感。这种孤独在常人看来无疑是一种苦恼，然则并非所有的人都把孤独视为苦恼，反过来有的人喜欢孤独、珍视孤独。这说明，独处本身不一定就是孤独，关键是要看你独处时干什么和想什么。唐代诗人王维有诗云：

独坐幽篁里，

弹琴复长啸。

深林人不知，

明月来相照。

这首诗的意境告诉人们，王维虽独处，但他并不孤独，而是在享受孤独，赞美孤独，悠哉孤独中，何有苦恼哉？！

孤独作为一种苦恼，也有其两重性，它既有使人寂寞难耐的一面，也有使人安定身心、回归自我、独立思索的一面。人在孤独时才能真切感受到自己的存在，才能零距离抚慰自己的心灵，才能使自己的思绪"信马由缰",才能使自己处于"独立之精神,自由之思想"(陈寅恪语)的境界。

意大利著名影星索菲娅·罗兰,是喜欢孤独、珍视孤独、享受孤独的典型代表。她曾说:

> 在寂寞中,我正视自己的真实感情,正视我真实的自己。我品尝新思想,修正旧错误。我在寂寞中犹如置身在装有不失真的镜子的房子里。……我孤独时,我从不孤独,我和我的思维作伴,我和我的书本作伴。

在孤独中做什么、想什么?索菲娅·罗兰的回答是"正视自己",而且借助孤独"品尝新思想,修正旧错误",为此还要"与思维作伴,与书本作伴"。可以说,索菲娅·罗兰是一个与孤独相处的高手!一般常人之所以视孤独为苦恼,就是因为没有像索菲娅·罗兰那样在孤独中进行独立思考,安抚心灵,正视自己,充实自己。也就是说,常人往往孤独时无所事事,而无所事事其实是最大的苦恼!

孤独是一种苦恼,也是一种自由——能够带来思想的自由和创作的自由。诚如音乐家莫扎特所言:

> 当我像往常一样,独自一人,一人独处,而且又感到兴致勃勃的时候——比如坐在一辆马车上旅行,一顿美餐之后散散步,或是深夜无寐,辗转反侧之际;每逢这种时刻,我的乐思就如万斛泉源,不择而出。它们究竟来自何方以及是怎样冒出来的,就连我自己也不知道;它们是情不自禁地泉涌出来的。

莫扎特创作的一首首优美乐曲,原来就是在他"独自一人,一人独处"时,"情不自禁地泉涌出来的",这就是孤独带来的力量。

啊,原来孤独也是一种力量!

苦恼的实质是什么?苦恼不苦恼,是精神现象、心理反应,因此苦恼的实质是精神家园的缺失。什么叫精神家园?就是心灵归处,就是心灵故乡。心灵没有得到安顿,是一切苦恼的根源所在。寻找精神家园的过程,就是解脱精神苦恼的过程。

精神家园在哪里?其实,我们每个人都有自己的精神家园,亦即每个人都有自己的心灵故乡,而且不独一处,关键是能不能寻得到。

白居易说"身泰心宁是归处,故乡何独在长安?""我生本无乡,心安是归处"。黄峭说"年深外境犹吾境,身在他乡即故乡"。其实,"身在他乡即故乡"亦可写成"日久他乡即故乡"。这表明,故乡无处不在,精神家园无处不在。只要能够安顿心灵的地方,就是你的精神家园。诚如贾岛诗云:

> 客舍并州已十霜,
> 归心日夜忆咸阳。
> 无端更渡桑乾水,
> 却望并州是故乡。

每个人的精神家园,也就是每个人的精神寄托。精神寄托在哪里,哪里就是你的精神家园。这个"寄托",在现实中就是你的所想所做之事。无所事事之所以是最大的苦恼,就是因为无所事事而陷入无寄托的空荡之中所致。

司马迁在受宫刑的极度苦恼之中想到的是"欲以究天人之际，通古今之变，成一家之言"之事，从而著成千古经典《史记》。贝多芬在失聪和失恋的双重苦恼下，把精神寄托于音乐创作，谱写出一首首经典名曲。霍金在轮椅上想的是时间之谜和宇宙之谜，铸就了他"躺在轮椅上的科学家"的辉煌人生。这样的事例很多很多，这里所举只是冰山一角。司马迁、贝多芬、霍金等人，能够在苦恼中奋发、在绝望中涅槃重生，就是因为他们找到了自己的精神家园，这种精神家园给了他们安顿心灵的归处，给了他们"独立之精神，自由之思想"的力量。

伟人有伟人的苦恼，常人有常人的苦恼；富人有富人的苦恼，穷人有穷人的苦恼。就连爱因斯坦这样的大科学家也时常感到孤独带来的苦恼。在五十岁那年，爱因斯坦吐露了自己的孤独之感："我实在是一个'孤独的旅客'，我从来就没有全心全意地属于一块土地或一个国家，属于我的朋友或甚至我的家庭。在所有这些关系面前，我总是感觉到有一种莫可名状的距离并且需要回到自己的内心——这种感受正与年俱增。有时候，这种孤寂感是很痛苦的。"当然，爱因斯坦不会在这种孤独中消沉，因为他能够寻找到自己的精神家园——投入到科学创造的不懈追求之中。对此，爱因斯坦本人是这样说的：

> 至于艺术上和科学上的创造，那么，在这里我完全同意叔本华的意见，认为摆脱日常生活的单调乏味，和在这个充满着由我们创造的形象的世界中去寻找避难所的愿望，才是它们的最强有力的动机。这个世界可以由音乐的音符组成，也可以由数学的公式组成。我们试图创造合理

的世界图象,使我们在那里面就像感到在家里一样,并且可以获得我们在日常生活中不能达到的安定。

爱因斯坦所言"摆脱日常生活的单调乏味……寻找避难所",实际上就是指寻找精神家园的过程,而他所言"像感到在家里一样,获得……安定",就是指找到精神家园所带来的"身泰心宁"之感。而这一切,都是在"试图创造合理的世界图象"的科学创造活动中实现的。也就是说,爱因斯坦在孤独之余所想所做的是"试图创造合理的世界图象"的科学创造活动,从中找到了"身泰心宁"的精神家园。

说到这里,我想补充说明的是,在现实生活中,一些人遇到的苦恼之事是实实在在的,而且是仅靠自身力量是难以摆脱的,尤其是那些残障人士遇到的苦恼之事是实实在在的、具体而微的。对这些弱势群体的苦恼之事,我们的社会应该给予更多的关注,并在政策立法、体制机制、设施提供等方面给予实实在在的、人性化的扶持、照顾和帮助。

最后,总结出如下正确对待苦恼的心态与要领——

一、人人皆有苦恼,不独我有,千万不要自卑。

二、苦恼皆有两重性,苦恼不苦恼由我来定夺。

三、寻找自己的精神家园,是走出苦恼的正道。

论命运

你信命吗？命是什么？命在哪里？

中国人，除了民间宗教之人和迷信之人，都不信神，但有不少人却信命，古代人更是如此。

《论语》中说"子罕言利与命与仁"。这句话的意思应该理解为：孔子很少谈论"利"与"命""仁"的关系，而不能理解为孔子很少谈论"利""命"和"仁"。我们知道，孔子是很重视命的，如其言"五十而知天命"；"不知命，无以为君子也"；"君子有三畏：畏天命，畏大人，畏圣人之言"；"道之将行也与？命也。道之将废也与？命也"等等。

孟子也讲命，如其言"莫非命也，顺受其正。……尽其道而死者，正命也；桎梏死者，非正命也"。意思是说，人的生死福祸，莫非由命，其自然而然者谓"正命"，否则谓"非正命"。可见，孟子对待命的态度是"顺其自然"，但这是对"正命"而言，对于"非正命"如何对待，孟子未予明言。

道家也讲命。庄子曰"知其不可奈何而安之若命，德之至也"。意思是说，对无可奈何之事，只能假定为"命中注定"了。

东汉时期的王充,是具有唯物主义倾向的学者,他否定天帝鬼神之存在,可他却承认"命"的存在。他说"凡人遇偶及遭累害,皆由命也";"夫性与命异,或性善而命凶,或性恶而命吉"。在王充看来,命乃生前已定,与善恶行为无关,有人行善而得祸,有人行恶而得福。

东汉末人赵岐在《孟子章句》中说命有三类:"命有三名,行善得善曰受命,行善得恶曰遭命,行恶得恶曰随命。唯顺受命为受其正也。"这似乎在证明"善有善报,恶有恶报"之理,只不过增加了"行善得恶曰遭命"这一例外之目,其意是说"遭命"是一种不正常现象,如在乱世行善则有可能遭到非命之果。

北宋的张载把"命"和"遇"对举说明,如其云"行同报异,犹难语命,可以言遇"。其意是说,以常然者为命,以偶然者为遇。因此,上文赵岐所言"遭命"是遇,而不是命。

程颐对命的理解与众不同,如其言"贤者唯知义而已,命在其中。中人以下,乃以命处义。……若贤者则求之以道,得之以义,不必言命"。在程颐看来,一个人只要能做到"求之以道,得之以义"就可以称贤,而不必考虑命不命的问题。可以说,程颐几乎否定了"命"的重要性,也否定了谈论"命"问题的必要性。程颐的观点真可谓"革命"——革去了命的意义。

然而,在中国古代,像程颐那样敢于革去命的意义的人并不多,而大多数人是相信命的存在的。在中国古代诸子文献中,《列子·力命》专谈命运,除此之外谈论命运最详尽者莫属北宋人吕蒙正(曾任宰相),他著《时运赋》亦专谈命运。现不嫌文长,录于下:

天有不测风云,人有旦夕祸福。蜈蚣百足,行不及蛇;家鸡翼大,飞不如鸟。马有千里之程,无人不能自往。人有凌云之志，非运不能腾达。文章盖世，孔子尚困于陈邦。武略超群，太公垂钓于渭水。盗跖年长，不是善良之辈。颜回命短，实非凶恶之徒。尧舜至圣，却生不肖之子。瞽叟顽呆，反生大圣之儿。张良原是布衣，萧何称谓县吏。晏子身无五尺，封为齐国首相。孔明居卧草庐，能作蜀汉军师。韩信无缚鸡之力，封为汉朝大将。冯唐有安邦之志，到老半官无封。李广有射虎之威，终身不第。楚王虽雄，难免乌江自刎；汉王虽弱，却有河山万里。满腹经纶，白发不第；才疏学浅，少年登科。有先富而后贫，有先贫而后富。蛟龙未遇，潜身于鱼虾之间。君子失时，拱手于小人之下。天不得时，日月无光；地不得时，草木不长。水不得时，风浪不平；人不得时，利运不通。

昔时也，余在洛阳，日投僧院，夜宿寒窑。布衣不能遮其体，淡粥不能充其饥。上人憎，下人厌，皆言余之贱也。余曰：非吾贱也，乃时也，运也，命也。余及第登科，官至极品，位列三公，有挞百僚之杖，有斩鄙吝之剑，出则壮士执鞭，入则佳人捧袂，思衣则有绫罗锦缎，思食则有山珍海味，上人宠，下人拥，人皆仰慕，言余之贵也。余曰：非吾贵也，乃时也，运也，命也。

盖人生在世，富贵不可捧，贫贱不可欺。此乃天地循环，终而复始者也。

命是什么？哲学家张岱年先生说：

命乃指人力所无可奈何者。我们作一件事情，这件事情之成功或失败,即此事的最后结果如何,并非作此事之个人之力量所能决定,但也不是以外任何个人或任何其他一件事情所能决定,而乃是环境一切因素之积聚的总和力量所使然。如成,既非完全由于我一个人的力量;如败,亦非因为我用力不到;只是我一个因素,不足以抗广远的众多因素之总力而已。作事者是个人,最后决定者却非任何个人。这是一件事实。儒家所谓命,可以说即由此种事实而导出的。这个最后的决定者,无以名之,名之曰命。

命,固然有"命令"之义。命,总是给人以冥冥之中发号施令的神秘力量之感,所以《列子》云"不知其所以然而然,命也"。"作事者是个人,最后决定者却非任何个人",这个"非任何个人"的决定力量,就是所谓的"命"。

中国古人往往是在"前定"的意义上理解命的含义的。也就是说,人生夭寿、福祸、吉凶、成败等在你出生时已被某种神秘力量所命定,无可逃避。这当然是宿命论观点,无科学依据可言。所谓"听天由命",就是典型的宿命论。

人是自然之子,又是社会动物(群居动物),人一出生就被抛入自然之网和社会之网之中,自然之网和社会之网交织而成的生存空间就是"人化自然"(文化世界)空间。我们每个人都在这种人化自然空间中的某一局部空间里生存;这一特定的局部生存空间,又由无数的各种自然关系网和社会关系网交织而成,我们每个人就处在这种复杂关系网中的某一结点上;每个结点之间的相互联系和影响,决定着每个结点(每个人)的实际生存状态。总之,我们每个人都生存在特定的"社会存在"(马克思意义上的)之中,这种社会存在对我们每个人的影响作用,是客观的、实在的,然而我们每个人又都无法事先预期或预测其影响作用,在大部分情况下只能无可奈何地领受这种影响作用的结果。由此可知,所谓"命",乃社会存在之命(令),而非"神秘力量"之命(令)。这也是萨特所言"存在先于本质"的道理所在。

人皆有意识,而人的意识是由社会存在决定的。但意识并非存在的奴隶,它还有主观能动性。"听天由命"只是人的命运意识的一种,我们应该知道,在人的命运意识中还有"制天命而用之"(荀子语)的抗争性命运意识。

在中国古代的九流十家中,墨家主张"非命",反对儒家的天命论。天命论其实算不上是知命论,而只能算是宿命论。

在现实生活中,大多数人是不信宿命论的,因而大多数人都有抗争宿命的冲动与行动。在思想认识上,唐德宗时期的宰相李泌就主张"君相可以造命",而明末清初的王夫之则认为不仅"君相可以造命",一介匹夫亦可造命。这里的"造命",用现代的话来说就是自己决定自己的命运。李泌所言"造命"与荀子所言"制天命而用之",都具有"我的命运我决定"的主观能动性意涵。

在历史上,与命运抗争进而改变命运、走向成功的人多之又多。韩信少时蒙受"胯下之辱",但他没有因此消沉下去,而是坚信"英雄有用武之地",果然在楚汉战争中终于成就了他统领万众的将帅人生。司马迁蒙受宫刑之辱,但他以极大的毅力与命运抗争,终于写出千古名著《史记》,流传万世。毛泽东在井冈山、瑞金、长征遵义会议之前,一直受到左倾路线的排挤和打压,但他始终坚持自己的正确主张,力排众议,抗争不馁,终于赢得了越来越多的人的认同和赞佩。

贝多芬的《命运交响曲》和《英雄交响曲》所表达的主题,就是向人们诉说战胜命运过程中的潮起潮落的艰辛、勇往与悲壮。这两首气壮山河的乐曲,激励和鼓舞了无数的人敢于挑战命运,化宿命为造命,开拓出崭新的人生航程。其中,罗曼·罗兰是一个典型代表。对此,罗曼·罗兰自己曾说:

> 当时,我还是个十四五岁的孩子,从乡下给带到巴黎,孤苦伶仃,既无朋友,也没有领路人,被淹没在大都会拥挤不堪的人群中。对处在这种状况中的我来说,贝多芬是我呼吸困难时的空气,是梦寐以求的大自然,是丧失信仰而感到惘然若失时所渴望的宗教,是在黑暗之中朝无限广阔的世界打开的一个窗户。

正是贝多芬的音乐成就了罗曼·罗兰从一个乡巴佬到伟大作家的命运大转变。今天的人们阅读《约翰·克利斯朵夫》,无不为主人公勇于抗争命运的坚韧不拔的毅力所折服。然而,很多人可能不知道,约翰·克利斯朵夫这一人物形象,其实是罗曼·罗兰把《命运交响曲》和《英雄交响曲》所表达的主题转换为小说人物形象的产物。当然,这一转换也改变了罗曼·罗兰自己的命运。

对一个人来说,只有遭遇、际遇、运气之类的东西,而不存在纯粹的、不可改变的所谓宿命。宿命不存在,只有对命运的不同态度。

我愿意把"命运"理解为"命+运",即自己运作自己的生命旅程。也就是说,把名词"命运"改写成动词"运命"。"命运"让人消极被动,而"运命"则催人积极主动。走出宿命论的陷阱,树立"我的命运我做主、我运作"的信念,由此开创属于我自己的生命旅程,这就是我对命运的基本态度。

谈习惯

帕斯卡尔在《习惯的力量》一文中认为,天性是第一习惯,习惯是第二天性。

习惯不是天生的,而是后天养成的。反复的行为,就成型为习惯。

习惯的养成,主要包括无意识地养成和有意识地养成两种途径。

无意识地养成习惯,如有的人有如厕阅读的习惯(无论是读书、读报刊,还是读别的什么),这大概是无意中养成的习惯。当然这种习惯也有可能是有意养成的,如有的人可能知道了别人有此习惯而有意效仿。我们知道,欧阳修有"三上"(马上、厕上、枕上)读书的习惯,有的人觉得这种习惯有益,就有意仿效并形成厕上读书的习惯。

无意中养成的习惯,其表现包括生理、心理、行为上的习惯。有的人睡觉有打呼噜的习惯,这是生理上的习惯。有的人每次听到某某是"专家""教授""院士""科学家"等称谓,就有肃然起敬的反应,这是心理上的习惯。现在很多女人出门大多有拎包的习惯,这是行为上的习惯。有的人走夜路有吹口哨的习惯,这既是心理上的习惯,也是行为上的习惯。

习惯都是后天学来的,有的习惯是有意学来的,有的习惯是无意中学来的。这说明"学"与"习"是紧密相关的。"学习"一词中的"习",意指"练习"或"反复学习",然而,练习的过程往往就是形成习惯的过程。有的人从年轻时就强迫自己早起,时间长了就形成早起的习惯。孩童学用左手抓东西,如果此时大人不加以纠正性干预,次数多、时间长,就形成"左撇子"习惯;而一旦形成"左撇子"习惯,想变成"右撇子"习惯就很难。这就是习惯的力量。同时,这也说明了一个人幼年时养成好习惯的重要性。幼年时能否养成好习惯,主要责任在于父母。指导孩童养成好习惯,应该成为家庭教育和幼儿教育的重中之重。

习惯的力量是强大的。无论是好习惯,还是坏习惯,一旦养成便无法轻易改掉。当然,坏习惯能否改掉,取决于个人的决心和意志力的坚定与否。

我们应该尽早改掉如下一些坏习惯:

抽烟的习惯,酗酒的习惯,大声喧哗的习惯,随地吐痰的习惯,用手指抠鼻的习惯,总爱责人而不责己的习惯,总是患得患失的心理习惯,一遇不快事就发怒的习惯,会议发言不精炼、时间过长的习惯……

我们应该尽力养成并坚持如下好习惯:

以礼待人的习惯,助人为乐的习惯,尊老爱幼的习惯,勤读书爱学习的习惯,追求知行合一的习惯,喜爱清洁的习惯,穿戴整洁得体的习惯,节制与节约的习惯,不侵犯他人尊严的习惯,包容异己的习惯(除了敌人或行凶者),保护环境的习惯,爱护动物的习惯……

有人在评论帕斯卡尔的《习惯的力量》时说过这样一段话:"坏习惯就像是我们行驶在岁月之海上理想之轮里的老鼠,早晚有一天会把船底啃穿,使其在不知不觉中沉没;而好习惯则是高悬在理想之轮上的风帆,有了这风帆,来风便成为推动我们前进的动力,从而把我们送到渴望到达的港湾。"我觉得这段话说得很好。

谈家庭教育

一般情况下,教育可分为学校教育、家庭教育和社会教育三大类。这是根据施教主体的不同而划分的教育类型。家庭教育成为三大教育类型之一,足见其重要性与不可取代性。

一提起家庭教育,中国人很容易想起"孟母三迁"的故事。的确,如果没有孟母的精心教养,我们很难想象孟子何以最终成长为令天下人景仰的赫赫大儒。我们又知道,韩愈少小父母双亡,后又失去兄长,全靠兄嫂郑氏照顾和教养,韩愈自己曾回忆说,兄嫂"视余犹子,诲化谆谆"。的确,如果没有兄嫂"诲化谆谆"的鼓励和教育,韩愈何以最终成长为唐宋八大家之一?

从狭义上说,家庭教育的对象主要是幼年时期的人。至于"胎教",是一种极特殊时段的早教,不宜纳入家庭教育范畴。当然,如果从广义的家庭教育而言,亦可将胎教纳入家庭教育范畴。青年时期的人,当然也可以接受家庭教育,但其效果一般远不如接受学校教育和社会教育显著。本文谈论的家庭教育,指的是以幼年时期的人为对象的、以家庭为环境背景的教育类型。

毋庸置疑,一个人接受教育,一般是从接受家庭教育开始。幼年时期接受的家庭教育,是一种启蒙教育。幼年时期是一个人形成基本素养的关键时期。这种基本素养,包括体魄、性情、道德意识、思维方式、行为方式等基础性、奠基性生理与心理基质。幼年时期能否接受好的启蒙教育,如同百米竞赛之起跑速度往往决定最终竞赛成绩一样,往往对一个人以后能否正常成长具有关键意义。无数的人才成长事例,大多证明了家庭教育对人才成长所产生的重要影响,包括正向影响和负向影响。

好的家庭教育,首先要有好的家庭。需要指出的是,所谓好的家庭,与家境富裕或贫穷无关。富裕家庭不一定有好的家庭教育,"纨绔子弟"现象的存在就证明了这一点;贫穷家庭不一定就不能有好的家庭教育,"穷人的孩子早当家"现象的普遍存在就证明了这一点。

什么是好的家庭,对此虽然无法做出精确的界定,但我们从下列正反对举中都能做出自己的判定:父母勤俭持家/父母疏于经营家务;父母对孩子能够父慈母爱/父母对孩子训斥有余而爱护不足;夫妻之间恩爱互信/夫妻之间吵架不断;父母自己孝敬老人/父母不善待老人;夫妻在孩子面前注意言行/夫妻在孩子面前恶语相向;父母有爱国敬业奉献精神/父母假公济私、唯利是图;父母为守法守纪良民/父母违法乱纪而不悔改;父母的生活方式文明健康/父母有不良的生活习惯……

有了好的家庭,还要有好的教育。这就有一个"教什么"和"如何教"的问题。在中国人的家庭教育观念中,在"教什么"和"如何教"事情上问题多多。现代中国的父母们大多只有"望子成龙"的急切心情,而对"教什么"和"如何教"问题知之甚少。

家庭教育教什么?家庭教育的重点应该是什么?家庭教育的

重点应该是知识素养教育,还是人格素养教育?能够正确认识这些问题,才能搞好家庭教育。

上文说过,教育有家庭教育、学校教育、社会教育之别。这三类教育固然有各自的教育重点。学校教育的重点必然是知识素养教育,社会教育作为家庭教育、学校教育的补充和延伸,其重点应该是补充和延伸家庭教育、学校教育的内容。那么,家庭教育的重点应该是什么?我认为家庭教育的重点应该是人格素养教育。

家庭教育的重点是人格素养教育。当然,家庭教育也可以有知识素养教育的内容,但要知道,知识素养教育是学校教育的重点,而不应该成为家庭教育的重点。在这一点上,现代中国的父母们普遍有误识,其主要表现是:把孩子学习的内容仅限于知识,急切地教授孩子各种知识,即使已经入小学的孩子,父母们还要给孩子报上各种校外补习班,致使孩子们的学业过重,身心疲惫。长此以往,在孩子们的思想意识中形成这样一种误区:世界上只有知识最重要,学知识是天经地义的事情,无可逃脱,所以要一门心思学知识,至于体魄健康、心理素质、品格素养如何都是无关紧要之事。长此以往,父母们的思想意识中形成的一个误区是:"孩子学习好=聪明"或"孩子学习好=有出息",而体魄健康、心理素质、品格素养的重要性则在无形中被遮蔽了——口头上承认重要,但在现实选择中将其视为可有可无或缓而不急的东西。在这样的误区驱使下,父母们"望子成龙"的期盼,大多最终变成了"成龙不成反成虫"的现实,因为在这样的误区下成长起来的孩子大多难免人格不健全——胸无大志、性格扭曲、自私自利、不懂感恩的"五无之人"——有知识无志向、有知识无道德、有知识无思想、有知识无毅力、有知识无能力之人。这样的"五无之人",实际上就是有知识素养而无人格素养之人。

从家庭教育角度说,之所以出现有知识素养而无人格素养的情况,重要原因之一是家庭教育侵夺了学校教育的重点,反而失去了自己应有的重点,导致家庭教育的异化。当然,有知识素养而无人格素养情况的出现,其责任不只在于家庭教育的异化,学校教育也难辞其咎,因为有的学校教育也存在重知识素养而轻人格素养培育的偏颇。毋庸置疑,正常人的素养结构,应该是知识素养与人格素养俱全且融为一体,而不应该是一重一轻的偏重结构。

我把家庭教育的异化现象,称为"无根的家庭教育"或"家庭教育的自我放逐",因为这样的家庭教育没有守住家庭教育本然的重点,而去侵夺学校教育的重点,最终失去了自己的根基,放逐了自己。显然,找回自己,回归家庭教育的人格素养培育之重点,就是家庭教育异化问题的解决之道。

所谓"人格",广义上指一个人的体格和品格。如果把"人格"概念移植到国家或把国家拟人化,就产生了"国格"一词。心理学所说的人格,其主要内容包括知性、情感和意志;所谓人格健全,就是知性、情感和意志三者俱全且融为一体的心智结构。狭义的人格,往往指品格或品行,即一个人的品德素养。

从狭义上说,家庭教育的重点在于品格素养的培育。对此,英国的斯迈尔斯是这样说的:

> 对儿童的教育,更多的是对他的道德教育、人格教育、整体素质教育,以及在行为上的规范。……幼年时的品格教育是至关重要的基础,决定着一个人今后的品格与价值取向。
>
> 在家庭中,母亲是孩子心灵的导师,是孩子眼中效仿

的对象。孩子模仿的对象首先是自己的母亲。……事实上,以身作则远胜于口头训导。如果你不是一个好榜样,对孩子再多的教育也无济于事。

一个人善良的品行,来自于幼年时期的启蒙教育,当然,这个过程是漫长的,在这中间可能要经受世间纷扰的诱惑和干扰,但是,只要最初接受了良好的品行教育,日后必会转化为善良的行动。

培养什么样的人,这是教育的根本问题。培养人格健全的人,这应该是任何类型教育都必须遵循的基本目标。也就是说,无论是家庭教育还是学校教育、社会教育,培养人格健全的人,都应该成为基本的目标。我国的教育目标是培养德、智、体、美、劳全面发展的社会主义建设者和接班人。如果我们培养的人是人格不健全的人,何以成为"德、智、体、美、劳全面发展"的人,何以成为"社会主义建设者和接班人"?

我们都知道"知识就是力量"的道理,但我们还要进一步知道"品格就是力量"的道理。不以良好的品格为导向的知识力量,有可能成为一种"利维坦"(民间传说中的怪兽),即有可能成为一种负能量,其危害是不言而喻的。王阳明说的"知识愈广而人欲愈滋,才力愈多而天理愈蔽"一语,就是指这种危害而言的。

其实,中国人早知一个人的知识素养与人格素养并举而不应偏废的道理。先秦作品《中庸》就有"尊德性,道问学"一句,主张"德性"与"问学"并重,且以"尊德性"为首重。现代中国的父母们在自己年少时都曾学过北宋时期王安石所著的《伤仲永》一文,而且都为仲永少时聪颖过人但因人格素养不健全(家庭环境影响所致)所导致的平庸结局感到惋惜。然而,当现代的父母们自己成为家庭教育的实施主体时,却竟然忘却了"仲永之伤",忘却了人格素养培育的重要性。

我们不禁要问:在现代,有没有青少年还在重演"仲永之伤"?答案应该是肯定的,只不过具体表现形式和程度不同而已;其中,"高分低能"现象的存在可谓最典型的"现代仲永之伤"。迄今,我们中国人"伤仲永"伤了九百多年,为何还在伤?

值得欣慰的是,国家教育部已出台"双减"政策——减少校外培训,减少作业负担。那种校外培训机构林立,鱼龙混杂,良莠不齐的混乱局面该结束了;那种小学生在繁重作业负担下无法快乐成长的局面该结束了!教育部的"双减"政策主要是针对学校教育而言的。我们的家庭教育则应该"一少一多":少一些过早过重的知识教育,多一些人格素养培育。

以上谈的是家庭教育"教什么"的问题。家庭教育还涉及到"如何教"的问题。关于这个"如何教",我想提出这样一个方法论观点:顺性使乐而不娇惯。所谓"顺性使乐而不娇惯",即顺其自然、使其快乐成长,但又不恣情娇纵。

幼年之人,都有一个天性,就是顺性寻乐(或叫循性求乐)。当能够做到顺性寻乐时,他就能够快乐成长;而当做不到顺性寻乐时,他就会感到压抑不快;当这种压抑不快日积月累,就会造成心灵伤害,如性格孤僻、闷闷不乐、内向寡言、不善交友、怯懦不前等。显然,长期的压抑不快,导致最终走向人格不健全。所以,家庭教育的成功在于使幼年之人能够顺性寻乐,家庭教育的失败在于使幼年之人长期压抑不快。

唐代的柳宗元在《种树郭橐驼传》中讲过一个故事:郭橐驼是种

树能人,他种的树木长寿且茂盛,当有人问其种树之窍门时,他说"橐驼非能使木寿且孳也,能顺木之天,以致其性焉尔"。意思是说,他并没有强行改变树木的天然本性及其寿命,只是顺着树木的天然本性予以培灌,使其保持自然成长而已。对此,郭橐驼进一步解释说,如果种树者"爱之太殷,忧之太勤,旦视而暮抚,已去而复顾;甚者爪其肤以验其生枯,摇其本以观其疏密,而木之性日以离矣"。意思是说,"爱之太殷"等于是"害之","忧之太勤"等于是"仇之",这样的"爱之""忧之"已远离了树木的本性,违背了自然规律,因而终究会失败。柳宗元讲此故事,其旨在于以养树之法喻指育人之法,即养育幼童也要遵循幼童"顺性寻乐"的天性,顺其自然而又不能过度"爱之""忧之"。

进而关于家庭教育的"顺性使乐",王夫之说"养蒙之道通于圣功,苟非其本心之乐为,强之而不能以终日,故学者在先定其情,而教者导之以顺"。教育幼童,要按照幼童"本身乐为",顺势而导,才能保证其快乐成长,才能保证预期的教育效果。

王阳明在讲到幼童教育的"顺性使乐"原则时指出:

> 大抵童子之情,乐戏游而惮拘检,如草木之始萌芽,舒畅之则条达,摧挠之则衰痿。今教童子,必使其趋向鼓舞,中心喜悦,则其进自不能已。……近世之训蒙稚者,日惟督以句读课仿,责其检束,而不知导之以礼;求其聪明,而不知养之以善。鞭挞绳缚,若待拘囚,彼(童子)视学舍如囹狱而不肯入,视师长如寇仇而不欲见。

清人王筠在《教童子法》中说：

> 学生是人，不是猪狗。读书而不讲，是念藏经也，嚼木札也。钝者或俯首受驱使，敏者必不甘心。人皆寻乐，谁肯寻苦，读书虽不如嬉戏乐，然书中得有乐趣，亦相从也。

上引郭橐驼、王夫之、王阳明、王筠的话，都在说明幼年教育应该遵循"顺性使乐而不娇惯"原则。反观我们现在的家庭教育尤其是幼童教育，不顺性、不使乐却娇生惯养的做法非常普遍。呜呼！我们的家庭教育走错了路、迷失了方向！面对"望子成龙不成反成虫"的现实，我们的家长、教育工作者、社会管理者该警醒了！

让家庭教育回归到以人格素养培育为重点的正确轨道吧！期盼我们的孩子都能顺性寻乐而不姿情娇纵，长大后都能成为人格健全的人！让中国人不再延续"仲永之伤"！

谈考试

现代社会俨然是一个考试社会,几乎无事不考、无处不考,而且还有"一考定终身"之事。东方语言学大师季羡林先生曾经描述过考试社会的情形:

> ……然而那一个"考"字,宛如如来佛的手掌,你别想逃脱得了。幼儿园升小学,考;小学升初中,考;初中升高中,考;高中升大学,考;大学毕业想当硕士,考;硕士想当博士,考。考、考、考,变成烤、烤、烤;一直到知命之年,厄运仍然难免。现代知识分子落到这样一张密而不漏的天网中,无所逃于天地之间。

其实,季先生所列远非全部,因为季先生所列之外还有:英语水平要考四、六级,计算机水平要考计算机等级证书,开车需要考驾驶证照,留学需要考雅思、托福,从医需要考医师资格证书,从事司法工作需要过国家司法考试,从教需要考教师资格证书,从政需要过公务员考试,找工作需要过用人单位的笔试与面试……

正因为考试多,所以催生了考试经济,也催生了各类培训机构,由此也出现了许多乱象,如各种应考培训机构如雨后春笋般"诞生",兼职教师们忙于兼职"捞外快"而把主业"撂荒",学生们忙于参加各种培训班而无形中增加了学业负担和费用负担,各种培训广告贴满大街小巷,各种培训教材充斥书市,贿赂考官现象也有发生……

考试是什么?无非是甄别和遴选人的工具或手段而已。然而,曾几何时,这种手段却俨然成了一种目的——对应试的每一个具体人而言,构成他的人生目标,起码是阶段性人生目标,因为能否考试过关,有可能产生"一考定终身"的结果。

只有人类社会才会使用考试这种手段,也只有人类社会才如此普遍地采用考试这种合法化的"无形杀手"手段。由此,我们是否可以说:人类是会使用考试手段的动物;人类社会是以考试成绩高低来安排"三六九等"的社会?

人类社会为什么如此普遍地热衷于采用考试手段?考试成绩能否真正准确地辨别出每个人的实际能力大小?对此我是持否定态度的。

当然,我也承认,考试在一定程度上或某种意义上大体能够辨别出一个人的能力大小,但其前提是"考法"要科学合理,包括试题的类型、内容、难易程度、评判标准等都要科学合理。在这方面,我有一次亲身经历,事情是这样的:

> 多年前,我曾给我教过的某专业的本科生出期末考试题,共出了十道题,全是案例分析题,亦即都是主观发挥题,且无固定的标准答案,旨在鼓励学生自由发挥。所出

试题需要报送学校的主管部门审核,主管部门审核后给我来电话说:试题不合格,原因是试题类型单一,即只有主观发挥题一种类型,应该出多种类型题。我当时就问这位打电话者:什么叫多种类型题？对方回答说:如名词解释题、选择题、填空题、简答题、论述题等,这些类型都有,就叫多种类型题。最后对方又补充说:所有的题都要有明确的标准答案。

　　呜呼,哀哉。我当时只出主观分析题的目的就是为了考查学生运用所学知识解决实际问题的能力,从而改变以往那种通过名词解释题、选择题、填空题、简答题等题型来考查"死记硬背"技巧的传统考试方式。然而,我的这种改革初衷被主管部门驳回,未能实施。

　　我知道,我们现在的各种考试,大多仍然以名词解释题、选择题、填空题、简答题、论述题等为主要题型。这样的考试方式,我称为"传统的考试方式"或"庸俗的考试方式"。显而易见,这种传统的考试方式,主要考查的是学生的背记技能,而不可能考查出学生运用所学知识解决实际问题的能力,而且这种考试方式在客观上起到了诱导和鼓励学生去"死记硬背"从而获得高分之"水货成绩"的作用。我们现在所培养出来的学生,无论是小学生、中学生还是大学生,都有一部分是高分低能的学生,这与考试方式不科学、不合理紧密相关。钱学森当年提出"我们的学校为什么总是培养不出杰出人才"的问题,正是指这种现象而言的。

　　众所周知,考试是有"淘汰"机制的。有多少具有真才实学的人被传统的考试方式拒之门外、淘汰出局？反过来,有多少不学无术的"南郭先生"通过传统的考试方式而"登堂入室"？我们的考试所选出的是人才,还是庸才?戴震当年喻宋明理学为"以理杀人",难道现在我们的考试是"以考杀人"?这一问题难道不令人深思吗?

考试,已然成为人类社会通用的考核学习成绩、识别人才、选拔人才之法,因而考试这种手段不可能被取消。考试本身无可厚非,关键是"怎么考"和"考什么"。

人才是国家的战略性资源,甚至可以说,在所有的社会资源中,人才是第一重要的资源。人才资源的价值在于使用,而使用人才需要培养和甄别,这就涉及到"考试"问题了。考试的意义在于发挥好培养人才、甄别人才和使用人才的"试金石"的作用,而不是起到"试瓦石"的反作用。

"我劝天公重抖擞,不拘一格降人才"。龚自珍的这首诗句,我们至今耳熟能详。毋庸置疑,要想"不拘一格降人才",传统的考试方式必须改革。通过不拘一格的考试方式,才能选出不拘一格的人才。

那么,什么样的考试方式是科学合理的考试方式?这一问题就不是我所能回答的了,因为我不是这方面的专家。我希望我们的教育学家们、人才学家们以及社会管理者们,责无旁贷地承担改进考试方式的责任。我自己在此只是提出问题而已。

谈开会

一说到开会，我就不由自主地想起马雅可夫斯基的一首诗：《开会迷》。这首诗写的是：诗中的"我"，去找一位在机关上班的叫伊万·万内奇的人，但被告知这个人正在开会，"我"从黎明等到天黑也没见到这个人，总是被告知这个人在开会，在开"甲、乙、丙、丁、戊、己、庚、辛委员会"的会议；眼看入夜，"我"终于怒不可遏，径自闯进会议厅，却只见全是半个人放在会议桌上，原因是这些人"一天要赶二十个会议，不得已，才把身子劈开"。诗的最后一段话是："假如，能再召开一次会议，来讨论根绝一切会议，那该多好！"

《开会迷》写于1922年，当时苏联正处于社会主义建设的初创时期，一切百废待兴，人们的热情高涨；然而，与此同时，滥开会、开长会、文件满桌等文山会海现象严重，形式主义、官僚主义之风泛滥。当时，在苏联流传这样一个笑话故事：

> 某州的一个集体农庄在开会，三个小时过去了，会议没有半点要结束的意思。一个叫娜塔莎的中年妇女实在坚持不下去了，起身欲走，邻座问她："娜塔莎，会议还没结

束,你怎么就走了呢?"娜塔莎说"我家里有孩子",意思是说她得回去给孩子喂奶。又过了一个小时,会议仍没有要结束的意思,一个叫杜妮雅的初婚女子站了起来,邻座问:"杜妮雅,会议没结束呢,你干嘛站起来?人家娜塔莎回家是因为家里有孩子,你干嘛这么着急?"杜妮雅一字一顿地回答说:"我要是一直坐在这儿,我家里就永远不会有孩子。"

人类的集体事务,尤其是公共事务,大多有必要以开会方式集中意志或协调行动,要么传达上级精神,要么征求意见,要么集体讨论并进行决策等。所以开会已然成为人类的集体行动的"规定动作"。从这个意义上可以说,人类是乐于开会的动物。

开会,主要有两种形式,一是独白式的,一是对话式的。独白式的开会,也就是"讲→听"模式的开会。对话式的开会,就是围绕某一或某些主题展开讨论的会议。独白式的开会,严格说来不能叫"会议",因为它只有"会"而没有"议"。对话式的开会,则有会有议,是做到"决策民主化"的重要形式。

无论是独白式的开会,还是对话式的开会,都必须是在场性的,即使是现代的视频方式的开会,也必须是在场性的(线上的),只不过是虚拟在场而已。所谓在场,首先是身体在场。从这个意义上说,所谓开会,其实是捆绑身体的集会。当然,捆绑身体的目的是为了"抓心",所以开会最反对的是参会者"心不在焉"。参会者"心不在焉",也就是身在心不在,亦即身心分离。

参会者的"心不在焉",身心分离或"开小差",这当然可称为"消极参会",但消极参会有时不能全怪参会者,因为参会者如果面

对形式主义、官僚主义的会风,就自然选择消极参会。关于消极参会,国学大师季羡林先生曾经谈过自己的亲身经历:

> 有不少会,讲话空话废话居多,传递的信息量却不大,态度欠端,话风不正,哼哼哈哈,不知所云,又佐之以"这个""那个",间之以"嗯""啊",白白浪费精力,效果却是很少。在这时候,我往往只用一个耳朵或半个耳朵去听,就能兜住发言的全部信息量,而把剩下的一个耳朵或一个半个耳朵全部关闭,把精力集中到脑海里,构思、写文章。……此时文思如万斛泉涌,在鼓掌声中,一篇短文即可写成,还耽误不了鼓掌。

显然,季先生所谈亲身经历,是在嘲笑那种形式主义、官僚主义的会风。

一般情况下,当领导的人大多愿意开会,一来可以通过开会布置工作,二来可以通过开会刷一下自己的"存在感",显示一下"领导范儿",享受一下使用权力的快感。此故,民间里流传这样的顺口溜:"领导就是开会,开会就是领导。"由此我们是否可以说:领导都是开会迷?

反过来,普通百姓一般都不大愿意开会或参会,因为他们总觉得开会是领导的事,与我何干,何必浪费我的时间?普通百姓往往下意识地认为,参会是给领导当"托",尤其是参加那种独白式的会议,总觉得自己被捆绑、被灌输、被说教,从而感到一种莫名的煎熬。

开会既然是一种集体行动,就要有一定的规则。也就是说,开会要遵循开会的规则,而不应该由组织者随意决定是否开会以及如何开会。开会的规则,要对开会事项、主持者、发言者、参会者、发言时间、决议方式等方面,做出合理的规定。按规则开会,不滥开会,不搞文山会海,这叫"开会伦理"。

开会必然占用参会者的身体和时间,我们要尊重他人的身体、珍惜他人的时间,而不能无谓地占用他人的身体和时间。无谓地占用他人的时间,是一种"犯罪"。如果我们的领导都有这样的负罪感和开会伦理,就不会成为"开会迷",就不会召集那么多不必要的会议,也不会开长长的"大尾巴会"。我们应该提倡少开会、开短会;能不开的会,就不开;能开短会的,决不开长会;一般性的、程序性的会议,要速战速决。这样的开会,才是合乎开会伦理的开会。

谈酒

酒是什么东西？是好东西，还是坏东西？我不知道。

我是一个爱喝酒的人。现在，我实在想不起来我是在什么时间、什么情况下学会喝酒的，反正是"酒龄"已很长。不过，有一点是可以肯定的，那就是从小就羡慕那些能喝酒且借着酒劲洒脱的大人。

当然，刚学会喝酒时往往不自量力，窘态百出——酒后酣睡不醒有之，说话语无伦次有之，误了父母交办之事有之，误了上课做作业之事有之……不过，更多的是酒席上的那种开怀与无忧，酒谈中的那种坦率与友情，席散后的那种释然与满足……应该承认的是，青少年时期的喝酒，大多是背着父母、背着老师，甚至是背着长辈们喝的，所以那时的喝酒之乐，都是"偷着乐"的。

喝酒不开车，开车不喝酒。这已是车族们必须遵循的规则。有喝酒伤身者，有喝酒误事者，有喝酒闯事者，有喝酒丢性命者，这就是喝酒的负面效应。然而，不喝酒的人亦有伤身之时，不喝酒的人亦有误事之时，不喝酒的人亦有闯事之时，不喝酒也有可能丢性命。这说明，喝酒不是万恶之源。

喝酒不仅不是万恶之源，而且喝酒往往是快乐助手。欧阳修说

"酒逢知己千杯少",曹操说"何以解忧,惟有杜康",白居易说"小酌酒巡销永夜,大开口笑送残年",说明喝酒能够助人快乐。这也许是古今中外的人们都有喝酒习俗的原因吧。正因为有喝酒习俗的长期广泛存在,所以有"酒文化"一说吧。

如果说"喝酒不开车,开车不喝酒"是驾车之道,那么"喝酒为了快乐,不快乐不喝酒"则是喝酒之道。我自己坚决反对喝闷酒,心闷坚决不喝酒,因为心闷喝酒只会伤身而无任何益处,"借酒消愁愁更愁"是也。

喝酒一定要养成好的喝酒习惯,决不能暴饮暴食,烂醉如泥。人各有酒量,决不能不自量力、过量饮酒,更不能劝酒过量。这就是酒德。"酒品见人品",这句民间俗语不是没有道理的。

我想在此发出一个似乎"无厘头"的诘问:人类社会能否没有酒?人类社会是否已然无法消除喝酒习俗?这是我的"酒问"。这个"酒问",可否称为"酒文化之谜"?谁能解开这个谜底?难哉,难哉,难于解"斯芬克斯之谜"。

谈手机

手机是什么东西？手机是好东西，因为它给人们带来了无数的方便。

现代的世界，有一种机器普及率最高，那就是手机——人手一机，甚至一人多机。

当今的时代，是一个一机在手就可以浏览世界、走遍世界的时代。

如今的社会，是一个用手机连接成的网络社会。

现代的人们，都是离开手机就几乎无法生存和发展的"手机人"。

在现代社会，人与动物的最大区别在于人会制造和使用手机，而动物则不会。

现代人是什么？现代人就是能够制造和使用手机的动物。

我们是什么？一句话，我们就是手机，手机就是我们！

在知识匮乏的年代，文盲是最大的障碍；当今时代，手机盲是最大的障碍，因为离开手机，我们简直无法通行、无法交流、无法办公、无法支付、无法……

在知识匮乏的年代,知识就是力量;当今时代,手机就是力量,因为有了手机就几乎无时不可玩、无处不可刷、无事不可晓、无事不可办……

亚里士多德说:"没有反思的生活不值得过。"现代的人们就得说:"没有手机的生活简直没法过!"

……

毋庸置疑,手机的好处太多了——手机太可爱了!怎么爱它都不够!

然而,世上的事物都具有两重性,有利就有弊。手机在给人类带来诸多的方便之利的同时也给人类带来诸多的烦恼或弊端。有一首歌曲,歌名就叫《手机》,歌词如下(节录):

> 有鸟儿的地方,粪多;有手机的地方,事多,
> 这手机让人又爱又恨,真的不想说"我接个电话先"。
> 人前人后的忙,人前人后的装,
> 好想关了手机,关了世界,一个人去疯狂。
>
> 脚踏两只船还玩双卡双待,
> 信号没有,不在服务区却在红灯区。
> 忽然间好怀念没有手机的年代,
> 人与人之间的交流不像快餐外卖,
> 如今的情书已被短信替代,
> 随便和谁通个电话都可以谈恋爱。

以前做人要厚道,现在做人要霸道,
媳妇和你视频通话,就要看看你在哪里,
到底真是一个人还是一堆大美女,
要是敢撒谎,大嘴巴子啪啪地。

不怕你无赖,就怕你关机,
可没有隐私的日子,管你三七二十一,
现在人们都是手机控,机机复机机,
就算不是一个人在战斗,也要看好你的手机。

这首歌确实唱出了有手机的烦恼与无奈——"手机让人又爱又恨"。从实质上说,这首歌描写的是手机的"双刃剑"属性,即利弊兼具,令人爱恨交加。

手机的"双刃剑"属性,属于科学技术的"双刃剑"属性的表现。我们知道,人类创造的科学技术及其产品,大多具有"双刃剑"属性。科学技术的高度发达,极大地提高了社会生产力,给人们的生产和生活带来了越来越多的自动化、智能化的便利,但同时也带来了环境污染、气候变暖、核武器危险、太空武器化、战争科技化、高科技犯罪率上升、伦理道德滑坡、人心越发隔阂等诸多弊端。

"现在人们都是手机控,机机复机机",这就是现代"手机人"的生活样态。以前我们听说过"经济人""道德人""社会人""信息人"等假说,现在又增加了一种人即"手机人"。所谓"手机人",就是指"手机控"的人,即被手机控制的人——事事靠手机,被手机所奴役、所异化的人。这当然是负面意义上的"手机人",除此之外,还有正面意义上的"手机人",即能够正确使用手机从而避免被手机奴役和异化的人们。

众所周知,科学技术本身无所谓好与坏、善与恶。然而,当人们利用科学技术及其产品时,却可能产生好与坏、善与恶的区分。科学技术的负面影响,其实都源自对科学技术的滥用。本来是好的东西、善的东西,如果你滥用它,它就有可能变成坏的东西、恶的东西。这种道理是人所皆知的。

手机是好东西,但如果你滥用它,它就有可能给你带来负面影响。如有的人开车接打手机,酿成车毁人亡的惨痛结局;有的人走路刷手机,掉进路边小河中才猛醒;有的人坐地铁玩手机,坐过站点误事;有的人利用网络手机号码行骗,最终锒铛入狱;有的人接听手机不辨对方身份,按对方要求打款,造成损失;有的学生上课偷玩手机,误了听课和学业;有的人会客时自己的手机铃声不断,令客人尴尬不快;有的人利用手机制造并传播谣言,以致犯法……

现代的人们都面临着如何正确处理"手机与我的关系"问题。为此,现代的人们一定要明白:我是手机的主人,手机只是我的工具,而不是反之;我不是手机的奴隶,不应受手机的奴役,不应被手机奴化和异化。

正确处理"手机与我的关系"的方法,说得简单一点,就是不能滥用手机。为此,一定要弄清什么时候可以接打手机,什么时候不能接打手机;什么时候可以浏览手机,什么时候不能浏览手机;利用手机可以做什么、不可以做什么等问题。

为了不滥用手机,我们每个人的心中都应该有一个《正确使用手机攻略》,其"负面清单"内容至少应该包括(正面清单内容略):

- 开车不能接打或浏览手机;
- 马路上或公共场合上走路不宜浏览手机;

- 在公共场合接打手机不应大声喊叫；
- 开会时不应接打或浏览手机；
- 授课或听课时不应接打或浏览手机；
- 会客时不宜频繁接打手机；
- 朋友聚会时，不宜频繁或长时间接打手机；
- 在公共厕所不宜接打或浏览手机；
- 坚决不用手机做撒谎、欺诈、传播谣言等事情；

……

后　记

　　我在自序里说过，读随笔合乎我的性格志趣，写随笔能够满足我的情感表达所需。古人说"世事洞明皆学问，人情练达即文章"。洞明世事可以做学问、写论著，练达人情则可以谈人生、写随笔。

　　以前，我的大部分时间用于做学问、写论著，而写随笔不多。其实，我内心里是很想写随笔的。为了满足我的这种随笔爱好，十多年前我曾写过几年的网络日志(博客)，网络日志其实就是一篇篇短小的随笔。现在，网络日志不大流行了，我也不再写网络日志了，但随笔情结却一直在我心里挥之不去。

　　谈读书，需要有较多的读书经历；谈人生，需要有较多的人生阅历。我已到了还历之年，不敢说"世事洞明"，但起码有"谈一谈"的资格吧？不敢说"人情练达"，但起码有"说一说"的资历吧？

　　我作为一名大学教师，始终不忘自己的初心和使命——教书育人。我理解的"教书"，包含引导学生多读书且会读书之义，因此我有责任向学生传授先贤以及我自己的读书经验和方法；我理解的"育人"，包含把人培育成智商(如"世事洞明")和情商(如"人情练达")全面发展的、被祖国建设需要的、充满正能量的、人格健全的人之意。这部随笔集收录的所有文章,在主旨上都未超出教书育人之范畴。

我是一个性情中人,虽然常提醒自己不能过于任性,但在表述过程中总是情不自禁地急于表达自己的主观见解,显得偏执有余、圆润不足,加上自己天生不敏,所以在诸多篇章中肯定有较多的偏颇之处,敬请读者朋友见谅、指正。

在本书出版过程中,得到哈尔滨工业大学出版社佟馨编辑的热诚支持与帮助。佟馨读研究生时,我是她的导师,她已毕业多年,但一直对我和我的家庭关怀有加,此书能够经她之手得以付梓,既是她的心愿,也是我的心愿。欣然,欣然。

于黑龙江大学汇文楼